나노로봇백신

중학생이
직접 쓴
소설모음

나노로봇백신

2020년 3월 30일 제1판 제1쇄 발행

엮은이 조재도
지은이 박창환, 김미향, 백철훈, 조환필, 백철훈, 김남희, 조환필, 임준우
펴낸이 강봉구

펴낸곳 작은숲출판사
등록번호 제406-2013-000081호
주소 413-120 경기도 파주시 신촌로 21-30(신촌동)
전화 070-4067-8560
팩스 0505-499-8560

홈페이지 http://cafe.daum.net/littlef2010
이메일 littlef2010@daum.net

©조재도

ISBN 979-11-6035-085-2   43810
값은 뒤표지에 있습니다.

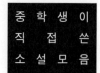

중학생이
직접 쓴
소설모음

나노로봇백신

조재도 엮음

차례

12   나노로봇 백신   박창환

46   크리스마스의 귀공자   김미향

62   오리야 날자   백철훈

84   상끄뚜스   조환필

102   터널   백철훈

118   k 목사의 하루   김남희

140   도시를 떠난 고양이   조환필

158   2021년 大韓民國   임준우

중학생 소설집을 펴내며

　여기 실린 글들은 2004년부터 2009년까지 5년여 동안 충남과 전
남 지역을 중심으로 중학생들이 쓴 소설입니다. 그 당시 충남에서는
『미루』, 전남에서는 『상티르』라는 청소년 문예지가 발간되었는데, 그
책에 발표된 글 가운데 중학생 소설만 따로 모아 묶은 것입니다. 그
리고 그 밖에 전남 순천지역 문예 동아리 학생들의 작품도 포함되어
있는데, 그때 글을 모아주신 해남의 김경류 시인, 순천의 한상준 소설
가에게 깊은 감사의 말을 전합니다.

　이제 우리나라에서도 청소년 소설 하면 낯설지 않습니다. 청소년
소설은 아동에서 성인으로 가는 인생의 과도기에 처한 청소년(흔히
14세~20세)을 대상으로 어른들이 쓰는 소설인데, 여러 우려가 있음
에도 소설의 질적인 면에서나 상업적(대중적)인 면에서나 문학의 한
영역으로 자리 잡았다 할 수 있겠습니다.

1990년대 청소년 문학이란 말이 등장한 이후 지난 20여 년 동안 많은 청소년 소설이 발표되었습니다. 뜻이 있는 출판사마다 앞다투어 청소년 소설을 제작하여 학교 도서관이라는 공간을 매개로 청소년 독자들을 찾았습니다. 처음엔 소설이 그리고 요즘엔 거기에 시까지 가세하여 이른바 '청소년 시'라는 이름으로 청소년 문학의 영역을 넓혀가고 있습니다.

그러나 청소년 소설이든 시이든 기성작가인 어른들이 썼다는 점에서, 그리고 청소년 문학의 생산, 출판, 판매의 과정 자체가 출판사의 상업적 요구에서 완전히 자유로울 수 없다는 점에서, 많은 부분이 '어른들의 작업'을 벗어나지 못하는 면이 있었습니다.

그런 점에서 이 책의 의미가 크다고 할 수 있겠습니다. 여기 실린 글 하나하나는 바로 중학생들이 직접 쓴 '그들만의 이야기'라는 점에서 말입니다. 중학생들이 소설을 썼다? 이에 대해 고개를 갸웃거리거나, 걔들이 쓰면 얼마나 쓰겠어?, 하며 콧방귀를 뀌는 사람이 있을지 모릅니다. 그런 사람에게 내가 하고 싶은 말은, 우선 한 번 작품을 읽어보라는 것입니다.

이 책에는 다음과 같은 8편의 소설이 실려 있습니다.

● 나노로봇 백신   인간의 신체에 투입돼 각종 질병을 치료하는 백신을 개발한 연구자와 그에 대항하는 '죽음의 사도' 이야기.

● 크리스마스의 귀공자   육체가 개입되기 전 순수한 아가페적 사랑 이야기.

● 오리야 날자   철망에 갇혀 있던 새끼오리가 청둥오리에게 비상하는 방법을 배워 엄마를 찾아가는 이야기.

● 상끄뚜스   '멋진 신세계'를 상기시키는 거대한 반투명 돔의 유리 안 세계에서 '세상의 원형=자연'을 인식해가는 과정을 그린 이야기.

● 터널   기차의 탈선과 수사관들의 연이은 의문사를 다룬 이야기.

● K목사의 하루   교회의 부패상을 다룬 이야기.

● 도시를 떠난 고양이   고양이를 통해 본 현대 인간의 모습 이야기.

● 2021년 대한민국   전기가 차단되는 절전령과 물 공급이 차단되는 절수령이 시행되는 2021년, 대한민국에서 하루 동안 생활하는 중학생 이야기.

이야기의 전개가 자연스럽지 못하다거나, 유아적 상상력이 그대로 드러난다거나, 영화나 게임 만화의 영향이 걸러지지 않고 묻어나는 문제가 있긴 하지만, 기발한 상상력과 호기심을 바탕으로 한, 세상을 향한 그들만의 '작은 언어'에 글을 읽는 누구든 가슴이 설레지 않을 수 없습니다.

그럼 그들의 이야기의 바탕이 되는 번뜩이는 상상력은 어디에서 오는 걸까요? 이 점에 대해 나는 세 가지로 말할 수 있습니다. 하나는 청소년기 이루어지는 신체 발달 특히 뇌의 발달과, 공부와 입시 스트레스에서도 자기 길(표현의 길)을 찾고자 하는 내적 열망, 그리고 하나는 스마트폰의 발달로 인한 그야말로 '스마트'해진 그들만의 감각과 감성 말입니다.

사람의 뇌는 흔히 청소년기에 폭발적으로 발달한다고 합니다. 인간은 태어날 때 2천억 개의 뇌세포를 갖고 태어나는데, 그 뇌세포가 일반적으로 청소년기에 '가지치기'가 이루어져 1천억 개 정도가 남는다고 해요. 그러면서 인간의 인식은 이 시기에 들어 가설적, 과학적, 추상적, 체계적, 명제적 등의 여러 분야로 확장되고, 언어에 대한 관심과 능력이 비약적으로 증가한다고 합니다. 이러한 뇌 발달에 힘입어 상상력 또한 폭발적으로 확대되어 자기가 사는 현실 세계를 자기만의 눈으로 보고 그것을 작품으로 표현할 수 있습니다. 또 이 책에 실린 소설들이 학내 동아리 활동이나 지역 문예지에 실린 글이라는 점에서 거의 대부분이 제도교육 속에서 공인되지 않은 자기만의 창작 열정에서 비롯되었음을 알 수 있습니다.

이 책에 실린 작품을 쓴 학생들은 아마 지금쯤 모두 성인이 되어 각자가 처한 사회에서 열심히 삶을 살고 있을 것입니다. 10년 15년 전에 중학생이었으니까요. 하여 이 책을 엮으면서 필자 개개인과 연락할 길이 없어 수록 사실을 알리지 못했습니다. 혹 어떤 계기로 이 책을 보고 연락해오면 기쁜 마음으로 끌어안고 후사하겠습니다.

아울러 이 책이 오늘날의 청소년과 어른들에게 어떻게 읽힐지 자못 궁금합니다. 왜냐하면 여기 실린 작품들이 학교생활, 친구, 성적, 가정 문제, 왕따, 이성 문제 같은 청소년들이 일상에서 겪는 이야기를 중심으로 하기보다는, 현재 혹은 미래사회에 일어날 묵직한 사회문제에 더 초점을 맞춰 쓴 것들이 많기 때문입니다. 다시 말해 중학생으로서 천방지축으로 활달하고, 거침없이 발랄한 '아이들다움'은 좀 약해 보이지만, 대신 묵직한 사회문제를 그들만의 시선과 감각으로 그려내고 있다는 것입니다.

내일의 주인이 될 청소년들을 위해 예쁘게 책을 만들어주신 작은숲 출판사에게 깊이 감사를 드리며, 자기만의 풋풋한 시선으로 우리 사회에서 일어나는 여러 문제들을 소설로 담아 보여 준 중학생 필자 여러분에게 고마움을 전합니다.

2020. 3.

조재도 시인, 아동청소년문학 작가

나노로봇 백신

박창환 | 중2

1

어느 날. 숨통이 죄여오더니 난 죽어 있었다.

2

인간은 본능적으로 죽음을 두려워하는가?

3

인간의 고도로 발전한 과학 기술은 결국 인간을 불로불사의
지경에 다다르게 했다. 발전에 발전을 거듭한 의학기술은 심지
어 죽은 사람도 살려 낼 수 있는 판국이다. 인간들은 생명의 존
엄성을 잃었다.

난 그들을 철저히 응징할 것이다.

4

"여러분 모두 주목하세요! 제가 따끈따끈하며 획기적인 아이디어를 들고 왔습니다! 이 아이디어는 미약한 의학기술을 보완해 줄 것이며, 저렴하고, 보급률이 빠릅니다. 바로 나노로봇으로 이루어진 백신입니다! 이 백신을 주사하면 체내에서 빠른 속도로 퍼져 나갑니다. 나노로봇은 몸속에 퍼진 종양, 암 덩어리나 바이러스를 깨끗이 분해할 것입니다. 또 노화된 세포의 회복을 촉진시키는 것은 물론, 엔도르핀의 분비를 촉진시켜 운동을 하지 않아도 건강한 삶을 살 수 있습니다. 피부 미용에도 탁월한 효과를 자랑할 것입니다."

김 씨는 자신의 아이디어가 채택되길 바라는 간절한 마음을 안고 더욱 열성을 띠며 외쳤다.

"또 나노로봇의 수명은 굉장히 깁니다. 이 나노로봇 백신을 투여한 사람은 백 년은 거뜬히 살 수 있습니다. 백신 수명이 다하면 다시 백신을 투여하면 됩니다. 수십 세기에 걸쳐 얻지 못한 불로불사의 묘약을 저희 메멜●이 얻게 되었습니다! 이처럼 역사적인 순간은 없을 것입니다!"

그는 손수건으로 떨어질 듯 말 듯 눈썹에 매달린 땀을 닦아내

● 메멜(MEMEL)   Mechanical Engineering Medicine Enterprise Laboratory (기계공학의학기업연구소)의 약어

고는 마른 침을 삼키며 정중하게 인사한다. 객석에서는 우레와 같은 함성과 박수갈채가 파도처럼 일렁이며 김 씨의 몸을 때렸다. 피곤하다. 객석에서 김 씨의 아이디어에 대한 자신들의 생각을 펼치며 웅성댄다.

회장과 사장 등 간부급 회사원들은 김 씨의 아이디어의 실현 가능성의 여부를 놓고 토론을 벌인다. 수많은 의견이 오고 간다. 김 씨는 초조함에 매였다. 최후의 보루다. 이 아이디어마저 채택되지 못하면 초라한 저명 과학자로 남아 직장 동료들에게 무시를 당할 것이 뻔하다. 이미 그의 동료들은 승진하지 않았던가. 김 씨는 무신론자였지만 손을 맞잡고 하늘을 올려다보며 기도를 읊조린다. 회의실 앞을 서성인다. 기계음에 놀란 김 씨가 흠칫한다. 박 회장이 꾸밈없는 미소를 지은 채 그에게 손을 내민다. 김 씨는 반사적으로 박 회장의 손을 맞잡는다.

"축하하네, 김 박사."

눈물이 솟구친다. 이미 눈가에 그렁그렁 맺혀 있는 눈물을 보며 박 회장이 그의 어깨를 두드린다.

"수고 많았어."

그의 직장 동료들의 환호성과 박수소리가 그 뒤를 잇는다. 그들은 김 씨에게 달려들어 다짜고짜 팔다리를 붙잡고 세 차례 허공에 던진다. 그의 친구 유 박사가 자기 일인 마냥 감격의 눈물을 흘리며 그를 힘껏 껴안는다.

"축하하네, 김 박사. 자넨 이제 출세할 일만 남았어!"

김 박사는 기뻐 환호하며 유 박사를 끌어안았다. 얼마 만에 이처럼 진정한 기쁨을 만끽하는가! 빨리 이 기쁨을 사랑하는 딸과 아내에게도 전해주고 싶다. 아! 맞아. 오늘은 외식을 하기로 했지. 빨리 가야겠군. 우리 딸이 목 빠지게 기다리겠어.

밤의 정적을 깨는 초인종 소리와 함께 김 박사가 문턱을 넘어서자 아내의 촉촉한 입술이 그의 까칠한 털을 쓸어내린다. 김 박사가 몸을 숙이자 딸이 그의 입에 입 맞춘다. 그 날 밤 김 씨는 가족과 풍성한 만찬을 즐기며, 축배를 들었다. 목구멍을 타고 흐르는 적포도주 향이 지난날의 피로를 씻는 듯하였다.

5

괘씸하다. 그들이 괘씸하다. 그들의 오만에 기가 찬다.

6

〈기계공학의학연구소기업, 메멜의 평범한 과학자 김 씨가 발명한 최첨단 나노로봇 백신이 의학계와 과학계의 이목을 끌고 있습니다. 이 나노로봇 백신은 수천억 대의 나노로봇을 한 방울의 배양액 속에 넣어 체내에 투여하는 방식으로 사용한다고 합니다. 체내에 투입한 나노로봇은 빠른 속도로 증식해 혈관을 타고 체내의 이곳저곳을 옮겨 다니며 종양이나, 암세포, 박테리아를 분해해 질병을 낫게 한다고 합니다. 또 노화된 세포를 회복시키며, 엔도르핀의 분비를 촉진시켜 100년 동안 건강한 삶을 살 수 있다고 합니다. 세계 보건 기구는 이 나노로봇 백신에 긍정적인 태도를 보이며 늦으면 다음 달 말까지 이 나노로봇 백신을 질병에 고통 받고 있는 아프리카의 여러 나라에 지원하기를 메멜에 권했고, 메멜은 세계 보건 기구의 요청을 놓고 이번 주 토요일 회의를 할 것입니다. 다음 기사를……)

김 박사는 웃음을 지울 수 없었다. 기쁘다. 기뻐 미치겠다! 그는 조간신문을 집어 들었다. 코를 간질이는 진한 에스프레소의 향이 그를 행복에 더욱 심취하게 했다.

"웃음이 그치질 않네요?"

그의 아내가 그의 곁에 다가와 속삭였다. 김 씨는 아버지의 도움을 받지 않고 스스로의 힘으로 로봇을 맞춘 어린아이 같은 표정으로 외쳤다.

"당연하지! 이건 인류 역사상 가장 위대한 발견이야!"

아내는 못 말린다는 표정으로 어깨를 들썩이며 그를 안으며 가볍게 입을 맞추었다.

7

판도라는 호기심을 이기지 못하고 결국 상자를 연다. 인간들의 가소로움을 마음껏 비웃는다. 그들은 자신들의 오만을 즐거이 먹고 마시며 멸망을 자초하고 있다.

8

박 회장은 김 씨를 고속 승진시켜 그를 나노로봇 백신 사장석에 앉혔다. 김 씨는 나노로봇 백신에 대한 총체적인 책임을 맡게 되었다. 저명 과학자였던 그는 순식간에 메멜을 지탱하는 기둥이 되어버렸다.

나노로봇 백신이 처음 시장에 발을 내딛었다. 나노로봇 백신은 삽시간에 바닥을 보였다. 나노로봇 백신의 매출액은 날로 늘어갔다.

책상에 앉은 김 씨는 흐뭇함과 만족이 샘솟는 표정으로 '사장 김철민'이라 쓰인 명패를 쓰다듬는다. 기계음이 들린다. 뇌파 검색기가 정보를 읽고 있다.

"김 사장님. 박 회장님입니다. 문을 열까요?"

김 씨는 옷깃을 여미고 위에서 아래로 옷의 먼지를 떨어낸 뒤 문을 열라고 한다.

"김 사장!"

박 회장은 기분 좋은 미소를 지으며 그에게 인사를 건넨다. 박 회장은 뚜벅뚜벅 걸어와 덥석 김 씨의 양 어깨를 잡았다.

"자네 덕에 우리 메멜은 위기상황에서 비로소 안전한 항공로를 찾은 여객기 같아! 우린 급성장을 이루었다네! 나노로봇 백신의 매출액은 날로 늘고 있어!"

김 씨는 고개를 설레설레 저으며 말했다.

"이게 다 박 회장님의 적극적인 지원 때문이지 않습니까. 감사합니다, 회장님."

박 회장은 여전히 기분 좋은 웃음을 지으며 김 씨의 어깨를 툭툭 쳤다.

"차라도 하시겠습니까?"

김 씨의 물음에 박 회장은 건성으로 손을 흔들며 명패를 응시하고 있다. 그리곤 명패에 쓰인 문구를 또박또박 읽는다.

'사. 장. 김. 철. 민.'

김 씨는 감격에 물결에 휩쓸려 희미한 미소를 짓는다.

"김 사장. 자네를 메멜의 미래하고 하고 싶군."

박 회장은 이마의 주름이 깊게 파이도록 진한 미소를 짓고는 우렁차게 웃었다.

"어이쿠. 일하러 가야지! 앞으로도 수고해주길 바래."

박 회장은 가볍게 손을 흔들며 문으로 향한다. 김 씨는 정중하게 목례를 한다. 문으로 향하던 박 회장은 무언가 떠오른 듯 뒤돌아섰다.

"아차, 김 사장. 내일 오후 2시에 대강당에서 기자회견이 있을 거야.”

기자회견이라니. 김 씨의 얼굴에 당황함이 번졌다.

“긴장할 것 없네. 맘 편하게 먹으라고. 나노로봇 백신에 대해 간단하게 설명하면 될 걸세.”

아니. 그래도 말이지, 기자회견을 준비할 시간은 넉넉히 줘야 할 것 아니가. 회장의 말에 어처구니가 없었다. 그래도 북받쳐 오는 기대감을 감출 수 없었다.

“수고하게.”

박 회장은 손을 들어 인사를 건넨 뒤 방을 빠져나갔다. 기자회견이라……. 그의 손은 마치 고양이를 다루듯이 명패를 쓰다듬고 있다.

9

오만함을 일깨우리라.

10

눈을 따갑게 하는 조명을 받으며 땀을 부슬부슬 흘리고 있는 김 씨가 무대 가운데 서있다.

“먼저 이 자리에 참석해 주신 여러분께 감사를 표합니다.”

김 씨는 가볍게 목례를 한다. 박수갈채가 그 뒤를 따른다.

"먼저 나노로봇 백신에 대해 소개하겠습니다. 먼저 나노로봇에 내장된 고성능 모뎀은 인공지능 컴퓨터에서 접속이 됩니다. 인공지능 컴퓨터는 나노로봇 백신을 투여한 사람의 몸을 머리부터 발끝까지 스캔합니다."

그는 포인터로 커다란 사진을 비춘다. 한손엔 축축하게 젖은 노란 튤립이 그려진 손수건이 쥐어있다.

"그 후 나노로봇이 장착하고 있는 의료기구로 질병을 유발하는 원인을 신속히 제거합니다. 나노로봇이 장착하고 있는 의료기구는 세계가 인정하는 나노기술을 보유한 NNTL의 최고 연구진이 모여 개발한 것으로 안정성은 물론, 성능은 기존의 나노로봇에 비해 천 배나 뛰어납니다."

땀은 등골을 타고 흐르기 시작했다. 그는 오렌지 주스로 바짝 마른 목을 적신다. 유리잔에 김이 서려 있다.

"나노로봇은 투여한 사람의 질병에 필요한 백신을 만들어냅니다. 환자의 체온, 혈압, 당도까지 측정해 그에 맞는 백신을 처방합니다."

그는 남의 시큼한 액체를 들이킨다. 플래시가 눈을 때린다. 그는 플래시가 번쩍일 때마다 눈을 질끈 감는다. 대통령도 보인다. 유명 과학자들이 보인다. 외국의 기자들도 보인다. 내가 즐겨보던 과학 채널의 로고가 붙은 비디오 카메라도 보인다.

수백 명의 직원들이 모여 김 씨를 위한 축배를 들었다. 그들은 게걸스럽게 음식을 먹는다. 술을 수차례 들이킨다. 마이크가 내뱉은 괴상한 소리에 모두 놀란다. 박 회장이 외친다.

"여러분! 모두 즐거우신지요?"

곳곳에서 대답소리가 들린다. 웃음이 밤하늘을 메운다.

"자, 자. 조용히들 하세요. 메멜의 구세주! 김철민 사장입니다!"

군중의 열렬한 박수갈채와 함께 김 씨가 강단 가운데 선다. 김 씨가 마이크를 매만지자 박수가 수그러든다. 김 씨가 정중하게 인사하자 군중은 환호성을 지르며 더 열렬한 박수를 친다.

"감사합니다! 감사합니다!, 여러분! 먼저 아이디어 개발에 큰 도움을 주신 모든 분들에게 감사를 표합니다. 여러분들의 도움이 없었더라면 저는 지금 이곳에 서있지 못했을 겁니다."

김 씨의 눈은 뜨겁게 반짝인다.

"실은 저를 무시하는 동료들에게 본때를 보여주고 싶은 마음이 간절했습니다."

객석에 웃음이 번진다.

"드디어 동료들에게 본때를 보여준 것 같군요!"

그는 자신감에 벅찬 표정을 짓고 있다. 유쾌한 웃음소리. 한바탕 웃고 떠들며 축제에 몸을 맡긴다.

11

세상의 모든 소음을 묻어버릴 정도로 커다란 함성이 광장을 덮는다. 그들은 오른팔 '한 번 죽는 것은 사람에게 정하신 것이요'라는 그들의 슬로건이 쓰인 붉은 완장을 둘렀다. 그들의 눈은 격분에 가득 차 있다. 그들은 포효한다. 그들은 손을 허공에 치켜든다. 붉은 깃발이 파도처럼 일렁인다.

"'죽음의 사도'형제들이여! 저희들은 신의 계시를 받았습니다. 저희에겐 오만한 인간들을 심판할 권리가 주어졌습니다. 거룩한 신의 영역마저 탈취하려는 인간들의 오만함을 짓밟아 버립시다!"

'죽음의 사도'들은 분노에 가득 찬 포효를 내지른다. 그들이 거머쥔 횃불에 불이 매섭게 솟구친다. 수천 마리의 반딧불이가 빛을 발하는 것 같다.

심판하라. 오만한 인간들을.

12

문이 무너지는 둔탁한 소리와 함께 함성이 밀려온다. 찢어지는 확성기로 들려오는 중년 남성의 목소리가 귓전을 울린다.

"돌격!"

그들의 손엔 녹슨 쇠몽둥이와 야구 배트, 심지어 프라이팬이 들려있었다. 경비원들이 신속히 바리케이드를 설치한다. 그들은 돌멩이와 유리병을 던지며 바리케이드로 뛰어든다.

"맙소사! '죽음의 사도'야!"

김 씨가 질겁한 표정으로 직원들 틈에 섞인다.

"무슨 일입니까?"

그는 최대한 냉정을 되찾으려 애쓰며 물었다.

"'죽음의 사도'들입니다! 어서 이곳을 떠나야 해요!"

"어서 경찰들에게 도움을 청해요!"

발 빠른 직원이 적들의 공격을 잽싸게 피해 송수화기에 도달했다. 그는 흥분에 가득찬 목소리로 외쳤다.

경비원들이 갖춘 무기라고는 플라스틱 곤봉이 전부였다. 수적으로도 열세하다. 나노로봇 백신 생산 공장을 가득 메운 것은 사람이 아닌 로봇이다. 중무장한 경비로봇을 어떻게 따돌렸는지 묻고 싶다. 전기충격기가 있었지만 충전을 해두지 않아 사용이 불가능하다. 경비원들은 곤봉을 뽑아 들었다. 그들은 일제히 고함을 지르며 '죽음의 사도'를 향해 곤봉을 휘두른다. 그들이 뒤엉켜 난투극을 벌인다. 늑골이 으스러지는 소리, 팔이 꺾이는 소리, 둔탁한 마찰음, 귀를 때리는 비명.

전투가 최고조에 달할 즈음 복면을 쓴 건장한 사내 셋이 나타나 바리케이드에 달라 붙어있는 김 씨를 감싼다. 김 씨의 낯은 공포에 한껏 일그러졌다. 사내 둘이 김 씨의 사지를 붙잡자 한 사내가 그의 목덜미를 휘어잡는다. 직원들이 복면을 쓴 사내들 뒤로 숨죽여 다가와 몽둥이로 그들의 뒤통수를 후려치자 단말마의 비명을 내뱉으며 쓰러진다.

"고맙네."

김 씨가 안도의 한숨을 내쉬자 돌무더기가 수차례 떨어진다. 소나기처럼 내리는 돌무더기 사이로 턱뼈를 가격하는 몽둥이에 경비원들은 하나, 둘 쓰러진다. 칼에 찔려 피를 뿜는 경비원들도 보인다.

사이렌 소리와 함께 나타난 무장경찰들이 그들을 감싼다.

"무기를 버려!"

'죽음의 사도'들은 아랑곳하지 않는다. 무기를 쥔 손에 힘을 준다. 돌격태세를 갖춘 그들은 천천히 경찰들을 향해 전진한다.

"물러서지 않으면 쏘겠다."

경찰의 으름장도 소용없다. 그들은 더욱 격분한다. 함성을 지른다. 돌격 명령과 함께 그들은 일제히 달려든다. 선봉대는 경찰들의 무기를 걷어차며 급소를 차례대로 가격한다. 비명을 지르며 쓰러지는 경찰들을 보며 환호성을 지른다. 폭발음과 동시에 자욱한 연기가 공장을 가득 메운다. 매캐한 연기에 눈이 따갑고, 재채기가 절로 튀어나온다. 무장경찰들이 '죽음의 사도'들을 저지한다. 김 씨의 목덜미를 타고 스며든 나노로봇은 혈관을 타고 흘러 김 씨의 뇌를 장악했다.

13

〈나노로봇 백신 대량생산 공장을 습격한 무리는 '죽음의 사도'라 불리는 집단으로 밝혀졌습니다. 그들은 신의 계시를 받아 불로불사의 영역에 도달하려하는 오만한 인간들을 심판하겠다는 강한 의지를 보이고 있습니다.〉

김 씨는 양손으로 이마를 싸맨다. 골칫덩어리들.

〈'죽음의 사도'는 이미 나노로봇 백신 생산 공장 수십여 군데를 습격한 것으로 밝혀졌습니다. 메멜은 정체불명의 집단 '죽음의 사도'의 지도자 인 씨에게 손해배상을 청구했지만 거절한 것으로 밝혀져 긴장이 고조되고 있습니다.〉

박 회장의 낯이 붉으락푸르락 달아오르고 있었다. 그는 신경질적으로 전원을 누른다. 리모컨을 잡은 손에 힘이 가득 실려 있다.

"대체 경찰들은 뭐하는 거야! 어서 저런 것들을 잡아 감방에 처넣으라고!"

뿌연 연기를 토해내는 시가가 뜨겁게 타오른다. 박 회장은 힘껏 니코틴을 빨아들여 화를 삭이려 한다. 박 회장은 다시 표정을 일그러뜨리며 재떨이에 시가를 짓눌러 꺼버린다. 회장실에 고요한 정적이 감돈다. 매캐한 연기에 김 씨가 재채기를 해댄다. 박 회장이 손바닥을 맞추며 분노 어린 눈빛으로 말한다.

"좋았어. 가볼 때까지 가보자고. 경비를 더 체계적으로 하도록 해. 경비원들을 되는대로 늘리라고."

박 회장이 건성으로 손짓을 하자 하나 둘 자리에서 일어서 정중한 목례를 한 뒤 회장실을 나선다. 유 박사가 김 씨의 어깨를 툭 치며 말을 건다.

"괜찮은 거야?"

"그런 것 같아."

김 씨는 피곤한 몰골로 답한다. 유 박사가 깊게 한숨을 내쉰다.

"그 자식들 덕에 생산을 중단한 공장이 23곳이나 돼. 피해액은 입 밖에도 못 내겠군."

김 씨는 유리창 너머를 본다. 하늘을 붉게 물들인 태양이 작별인사를 청하는 듯 일렁인다. 김 씨도 땅이 꺼질 듯 한숨을 내쉰다.

14

나노로봇 백신 투여 환자. 김 양.

그녀는 어제 아침도 어김없이 노릇하게 구운 토스트에 달걀을 곁들여 깨지락깨지락 먹으며, 브라질산 커피를 달달 볶아 만든 에스프레소를 홀짝인다. 에스프레소의 진한 향이 코를 간질인다. 향긋하다. 정오엔 그녀의 눈썹에 갈색 점이 박힌 버니즈 마운틴 도그를 이끌고 널따란 공원으로 산책을 나갔다. 상쾌한 공기를 깊숙이 들이마시며 강가를 따라 걸었다. 벤치 위에 널브러져 낮잠을 청하던 남성들도 깨우는 그녀의 외모와 몸매는 그녀가 매력적인 모델임을 알려주는 징표였다. 저녁엔 세기의 유행을 이끄는 이름난 디자이너의 패션쇼에 참가했다. 또각또각 귓전을 울리는 구두 굽 소리가 명쾌하게 들려왔다. 어느 재즈 밴드의 7번째 트랙에 맞춰 능숙하게 워킹을 선보이는 그녀에게서 베테랑다운 모습이 보였다.

그녀는 다음 날 아침 털이불 속에서 싸늘하게 식어 있었다. 입술은 퍼런빛으로 물들어 있었고, 얼굴엔 핏기가 가서 가는 턱이 더욱 갸름하게 보였다. 과학수사대의 부검 결과 외상은 없었다. 약물을 투여한 흔적 또한 찾을 수 없었다.

하늘도 톱모델을 애도하는가? 암회색을 발하는 하늘은 장대같이 굵은 비를 뿌려 차체를 악기 다루듯 일정한 리듬으로 두드렸다. 유리를 괴상하게 긁어대는 와이퍼가 열심히 물기를 닦아낸다. 하지만 소용없다. 물기를 닦아내면 이내 굵은 장대비가 세차게 쏟아지니까.

톱모델의 추모식. 수많은 추모객들은 한 송이의 꽃 같이 아름답게 웃고 있는 그녀의 영정 사진 앞에 흰 장미를 수북이 쌓았다.

15

〈 …… 나노로봇 백신을 투여한 소말리아의 에이즈 환자 1천여 명이 완쾌되었다고 합니다. 또 나노로봇 백신을 아프리카 여러 내란 국가에 적극적으로 지원하고 있습니다. 최근 나노로봇 백신을 투여한 사람의 수는 기하급수적으로 늘어나 이미 1억 명 이상이 나노로봇 백신을 투여했습니다.……〉

거울에 비친 주글주글한 이마와 고운 눈처럼 흰 백발머리, 쭈그러든 피부를 보고 있자니 지난날의 청춘이 머릿속을 가득 메운다.

"여보, 우리도 저거나 맞으러 갈까요?"

늙은 남자는 주름살을 더 깊게 잡으며 늙은 여자에게 쏘아댔다.

"다 죽어가는 노인네들이 그런 게 뭐가 필요해?"

늙은 여자가 간절한 표정을 짓는다.

"여보, 부탁이에요. 저거 맞으면 100년은 거뜬히 산다는군요. 이미 이웃집 노인네들은 다 저거 맞아서 건강하게 지내고 있어요. 무릎도 안 쑤신다는대요. 심지어 감기도 안 걸린다고 해요."

아내의 말에 남편은 고민에 잠긴 표정을 짓는다. 이내 씁쓸한 표정을 짓는다.

"하지만 돈이 없잖우."

"돈은 걱정 마세요. 아주 저렴하다고 하던데요?"

아내의 말에 솔깃한 남편은 지금 당장 나노로봇 백신을 맞을 수 있느냐고 물었다.

노부부는 인근 보건소에서 나노로봇 백신을 투여했다. 살갗을 뚫고 지나간 주사기 바늘이 수억대의 나노로봇을 체내에 집어넣는다. 나노로봇은 혈액의 파도에 휩쓸려 순식간에 몸 전체에 퍼진다. 혈액 대양을 누비는 나노로봇은 인공지능 컴퓨터의 명령에 따라 임무를 완벽히 수행한다. 뇌로 퍼져나간 나노로봇들은 엔도르핀의 분비를 촉진시켜 노부부의 무릎 통증을 잠잠하게 했다. 근심 걱정이 가득한 마음속에 웃음이 내려앉는다. 구름 위에 살포시 앉은 듯 몸이 한결 가볍다. 호오. 효과가 금방 타나나는데? 이마에 가득했던 주름이 서서히 펴지는 듯하다. 손과 발에 가득하던 각질이 모습을 감춘다. 흐릿흐릿 사물을 제대로 지각할 수 없던 망막에 한결 선명한 상이 맺힌다.

노부부는 보건소에서 뛰쳐나와 무릎 통증을 벗어버린 몸을 지니고 환희에 가득 차 뛰기 시작했다. 그들의 몸은 이미 나노로봇이 장악했다.

16

그들의 망막을 가득 채우는 경악. 수십 대의 앰뷸런스가 양해를 구하는 사이렌 소리를 울리며 도로를 가로지른다. 길가에 길게 뻗어 경련을 일으키는 사람들. 거품을 입 안 가득 문 채 고통스럽게 흰자위를 보이는 노부부가 눈에 들어온다.

"사, 살려줘! 수, 숨을 못 쉬겠어! 살려줘!"

목에 선명한 핏줄을 세운 채 목을 잡고 고통스러워하는 중년 남성의 비명소리가 그를 더욱 섬뜩하게 한다. 무슨 일이야? 이어

더 많은 앰뷸런스가 거리를 메운다. 허겁지겁 달려온 경찰들의 모습도 보인다. 그들은 방독면을 뒤집어쓰고 있다. 괴상한 기계를 이리저리 움직인다. 김 씨가 경찰에게 달려가 물었다.

"무슨 일입니까?"

경찰은 모르겠다는 뜻으로 어깨를 들썩인다. 뭐야, 무슨 일이지? 김 씨는 식도를 짓누르는 열기를 느끼자 급히 입을 틀어막는다. 하지만 이내 아침에 먹은 음식물을 시원히 토해냈다. 우욱. 순간 짜릿한 전류가 온몸을 감싼 것 같았다. 발목이 답답하다. 그는 두려움 가득어린 눈빛으로 발목을 본다. 가슴팍을 미친 듯이 두드리는 어여쁜 젊은 여성. 그는 질겁하여 그녀를 떼어내려 하다가 넘어지고 말았다. 흰자위를 드러낸 채 고통스런 신음을 내뱉는다. 그녀는 숨을 가쁘게 내쉬며 신음에 가까운 소리를 내뱉는다.

"기… 김철민."

잠깐. 내 이름을 어떻게 아는 거야? 김 씨의 등골을 시원하게 흐르는 식은땀. 그녀는 거치게 숨을 몰아쉬며 그의 발목에서 스르르 손을 푼다. 김 씨는 혼란스러운 표정을 짓는다. 혼란을 덜어내고자 두 엄지손가락으로 관자놀이를 꾹 누른다. 요동치는 심장 소리가 고막을 울리는 듯하다. 현기증이 밀려온다.

혈색 잃은 주검은 부릅뜬 눈으로 김 씨의 눈을 응시하고 있었다. 김 씨는 그곳을 빨리 벗어나고 싶은 욕구에서 사로잡혔다. 그의 승용차로 내달렸다. 시동을 걸자 모터가 캑캑댄다. 검붉은 매연을 토해내며 그곳을 빠져나간다. 그의 귓바퀴를 휘감는 앰뷸런스 사이렌 소리가 그를 더 고통스럽게 한다. 머릿속을 메운 한마디 신음. 기…… 김철민…….″

17

음산한 웃음소리가 방안을 가득 메운다. 갈라지는 하늘에 잘 어울리는 그런 웃음소리다. 그는 사정없이 키보드를 두드린다. 이내 음흉한 미소를 짓는다. 드디어 해냈어. 방화벽을 넘었다.

18

〈정부는 이번 A-1 특별자치구 사건의 종결을 위해 국제 과학수사대에게 도움을 청하기로 결정했습니다. A-1 특별자치구 사건의 해결을 위한 실마리는 전혀 잡히지 않고 있습니다. 과학수대는 이번 사건이 집단적인 테러와 연관이 있을 것으로 추정하고 있습니다.〉

목청껏 울부짖는 유가족을 담은 화면.

〈유가족들은 이번 사건에 대한 참담한 심정을 토해냈습니다.〉

유가족과 인터뷰. 그의 눈은 노을처럼 붉게 물들어 있었다. 퉁퉁 불은 눈매는 그가 얼마나 울어댔는지 짐작하게 해준다.

〈딸을 잃었습니다. 한순간에! 한순간에 딸을 잃었다고요!〉

김 씨의 머릿속을 꽉꽉 짓누르는 참담한 광경. 초인종 소리에 그는 소스라치게 놀란다. 자라보고 놀란 가슴 솥뚜껑보고 놀란다는 고대 조상들의 속담을 떠올린다. 그는 인터폰에 눈을 박는다. 아내군. 그는 회색 판에 지문을 문지른다. 아내가 그의 품에 안긴다. 아내의 체온으로 공포를 조금이나마 녹일 수 있기를 바라며 그녀를 감은 팔에 힘을 준다.

"나노로봇 백신을 맞고 왔어요."

〈나노로봇 백신을 투여한 사람의 수는 약 2억 5천만 명으로…….〉

아나운서는 누가 듣든 안 듣든 아랑곳하지 않고 기사를 전한다. 김 씨가 흰 치아와 고른 치열을 보이며 웃는다.

"더 우아해진 것 같아."

아내는 그의 품에 더욱 깊숙이 안긴다.

"다 당신 덕분인 걸."

전화기가 울어댄다. 김 씨가 송수화기를 집어 들어 귀에 댄다.

"여보세요?"

그는 반사적으로 물었다. 상대는 답하지 않는다.

"여보세요?"

그는 다시 물었다. 상대는 답하지 않는다.

"여보……."

그의 말을 자른 채 상대의 청아한 목소리가 송수화기를 통해 흐른다.

〈귀하의 나노로봇 프로젝트는 생명의 경이로움을 인간들로부터 망각하게 만듭니다. 또 생명 경시 사상을 뿌리내리고 있습니다. 나노로봇이 발명된 후로 범죄는 기하급수적으로 늘어났습니다. 이제 사람들은 죽음을 잊혀진 전통 쯤 되는 양 취급합니다.〉

김 씨는 목이 메는 것을 느꼈다. 말을 해야 해. 아내가 김 씨의 표정을 보고 걱정스로운 듯이 무슨 일이냐고 묻는다. 다시 상대의 청아한 목소리가 송수화기를 감싼다.

〈단 30일입니다.〉

"뭐, 뭐라고?"

김 씨가 신경질적으로 내뱉는다.

〈단 30일 이내에 모든 공장에서의 나노로봇 생산을 중단하지 않으면 당신의 머릿속에 심겨진 로봇은 폭발할 겁니다.〉

"웃기지 마!"

김 씨의 가슴이 철렁 주저앉는다.

"그런 유치하기 짝이 없는 수작에 동요할 것 같다고 생각해?"

〈강요하진 않습니다. 귀하의 의지를 존중하겠습니다. 허나 잘 생각해 보시길 바랍니다. 그럼, 이만.〉

뚜… 뚜…. 송수화기에선 기계음이 흐른다. 김 씨의 머릿속엔 공포와 두려움, 혼란이 감돈다. 아내는 그를 걱정스럽게 바라본다.

"무슨 일 있어요?"

김 씨는 넋을 잃고 송수화기를 들고 있다.

뚜… 뚜….

뭐야, 뭐야… 뭐냐고! 김 씨는 분노를 가득 실어 송수화기를 내리친다. 텔레비전을 가득 메우는 '죽음의 사도'

19

박 회장은 눈을 붙인 채 폭신한 의자에 몸을 깊숙이 묻었다. 정적을 가르는 전화 벨소리에 박 회장은 얼굴을 찌프린다. 그는 건성으로 송수화기를 집어 든다.

〈조심하십시오.〉

"예? 무슨 소리야?"

〈일주일 안에 모든 공장에서 나노로봇 백신 생산을 중단하지 않으면 인공지능 컴퓨터에 바이러스를 감염시킬 겁니다.〉

박 회장은 어이없는 웃음을 흘린다.

"어이쿠. 이런, 이런. '죽음의 사도'인가?"

〈단 일주일입니다.〉

단호한 목소리. 박 회장은 웃음을 흘린다.

"이런 유치하기 짝이 없는 짓에 이젠 신물이 난다고. 좀 더 진지한 방법은 없는 건가?"

〈당신의 자유의지를 존중하겠습니다.〉

뚝. 박 회장은 욕설을 내뱉으며 송수화기를 집어던진다. 그는 인터폰을 집어든다.

"나노로봇 책임 부서 모이라고 해!"

20

곤두선 응징의 칼날은 이미 그들을 향했다.

21

"제기랄."

박 회장의 입에선 매캐한 연기를 뿜어대는 길쭉한 시가가 물려 있다. 그의 표정은 일그러질 때로 일그러져 험악할 정도다.

"방금 기가 차는 전화 한 통이 걸려왔네! 일주일 내에 나노로봇 백신 생산을 중단하지 않으면 나노로봇 백신을 투여한 사람들을 깡그리 죽여 버리겠다고 협박하더군!"

박 회장은 실성한 듯 웃는다. 이내 침묵이 고개를 든다.

"죽음의 사도! 대체 그 자식들이 원하는 건 뭐지? 나노로봇의 도움을 받아 건강한 삶을 살아가는 데에 감사하지는 못할망정 무슨 짓거리들이야!"

그는 테이블을 있는 힘껏 내리친다. 유리잔이 사방으로 튀며 쪼개진다.

22

그는 비명을 질렀다. 김 씨는 하늘을 매섭게 쏘아본다. 먹잇감을 발견한 맹수의 눈빛보다 날카롭고 뾰족하다. 그는 표정을 일그러뜨린다.

"맙소사."

그는 털썩 주저앉아 목 놓아 울기 시작한다. 설움과 분노가 뒤섞인 애처로운 눈물을 하염없이 흘리고 있었다. 말도 안 돼! 말도 안 된다고! 그는 미친 듯이 바닥을 후려쳤다. 손이 시뻘겋게 물들 때까지. 손이 얼얼하다. 그래도 분노는 삭지 않는다. 마음을 후벼 파는 것 같다. 어쩌면 찢어졌을 수도 있다. 갈기갈기. 분쇄기에 간 것처럼 형체를 알아볼 수 없을 정도로. 그는 가슴을 두드린다. '죽음의 사도'를 증오하는 마음은 더욱 고조되어 간다. 그들을 결코 용서할 수 없다. 그들이 아내를 죽였다. 그들의 짓이다.

그의 아내는 물 사이로 흩어졌다. 이내 물고기들의 식사거리가 될 것이다. 벌써 물고기가 하나 둘 모이기 시작한다. 뺨을 타고 눈물이 흘러 강에 몸을 맡긴다. 딸의 순수한 눈망울이 눈가에 맺힌다. 아내의 빈자리가 무한대로 느껴진다.

23

〈A-1 특별자치구 사건이 발생한 당일 같은 시각에 워싱턴 주와 도쿄, 베이징, 델리, 쿠알라룸푸르 등 각국의 수도에서 A-1 특별자치구 사건과 동일한 사건이 발생했다고 UN 사무총장은 밝혔습니다.〉

대형 액정을 흘린 듯 바라보는 김 씨의 몰골은 피곤하다고 외치고 있는 것 같다.

〈국제 과학수사대는 여전히 사인을 찾아내지 못했습니다.〉

김 씨는 대성통곡하던 유가족을 머리속에 그린다. 아내의 우아한 미소가 머리속에 가득하다. 눈물샘이 고장 난 듯하다. 하염없이 흐르는 눈물을 막을 수 없다.

〈 … 어젯밤 오후 8시경 A-1 특별자치구 사건과 동일한 사건이 A-1 특별자치구에서 재발했습니다. 이번 사건으로 인한 사망자는 약 5천여 명에 달할 것으로 추정하고 있습니다. 뚜….〉

죽음의 사도. 어쩌면 그들이 옳을지도 모르겠어.

24

72시간 35분 59초 전

25

무거운 분위기가 내려앉은 회의실. 그래프를 봐도 그 무거운 분위기가 절로 느껴진다. 수출해야할 나노로봇을 생산하지 못했기에 경제 손실이 어마어마하다. 이미 수십 여 생산 공장 중 5곳의 생산 공장은 재가 되어 공중으로 날아갔다. 박 회장의 '죽음의 사도'들에 대한 증오심은 더욱 굳게 다져진다. 분노를 틈타 걸려온 한 통의 전화는 박 회장을 더욱 자극했다.

〈48시간 45분 남았습니다.〉

"입 다물라고!"

박 회장은 수화기를 집어던졌다.

26

1시간 30분 전

그들은 여전히 깨닫지 못했다.

1시간 전

역시 깨닫지 못했다.

30분 전

최후통첩.

27

매캐한 연기가 모락모락 피어오른다. 박 회장의 표정엔 화가
가득 묻어 있다. 회의실 내에 긴장감과 공포가 감돈다. '죽음의
사도'가 최후통첩을 선언했다. 이제 30분도 채 남지 않았다. 회의
의 결과에 나노로봇 백신 투여자들의 생명이 걸려 있다.

이 사장이 침묵을 깨고 입을 연다.

"그들의 말은 전혀 신빙성이 없습니다. 그들은 심리전을 유도
하고 있어요. 그들은 우릴 속이려는 겁니다. 우리 모두 냉정함을
잃지 맙시다. 그들은 메멜 슈퍼 컴퓨터를 상대할 수 없습니다."

유 박사가 반발한다.

"무슨 근거로 확신하십니까? 몇 주 전 슈퍼컴퓨터의 패스워드
가 바뀌어 큰 혼란을 겪은 적이 있습니다. 끈질긴 추적 끝에 패
스워드를 바꾼 범인을 잡았는데 청소년이었어요! 슈퍼 컴퓨터의
보안이 아무리 체계적이고 견고한다 한들 급속히 발전하는 해킹
기술에 발맞추지 않으면 무릎 꿇고 말 겁니다. 먼저 슈퍼 컴퓨터
의 보안을 더욱 강화하는 것이 시급합니다."

"음. 좋은 의견이군"

박 회장이 매캐한 연기를 길게 빨아들인 후 급하게 뱉어낸다.

"하지만 30분이라고! 30분밖에 남지 않았단 말일세!"

회의장의 긴장감은 더욱 고조된다. 여러 차례 계산을 거듭한
끝에 슈퍼 컴퓨터 책임자가 말했다.

"30분이면 할 만합니다."

박 회장의 얼굴에 한순간 희색의 빛이 역력해진다.

28

5분 전.

방화벽을 사이에 두고 접전이 벌어진다.

29

"이 자식. 굉장히 대단한 놈이군."

키보드가 요란한 소리를 낸다. 손놀림이 더욱 바빠진다.

"제길. 제 1방화벽이 뚫렸어."

2분 30초 전.

"좋았어. 이대로 가자고!"

2분 전.

"이 정도 밖에 못해? 똑바로 하라고!"

1분 30초 전.

"뭐하는 짓들이야?! 정신 차려!"

30

1분 전

인간들에게 깨달음의 시간을 주었건만…….

31

긴장감이 최고조로 달아올랐다.

30, 29, 28, 27, 26……

김 사장은 넋을 잃은 채 그들을 바라보았다.

내가 뭘 하고 있는 거지?

20, 19, 18, 17, 16……

내가 뭘 하고 있는 거지?

10, 9, 8, 7, 6 ……

비명을 지르고 싶은데 목이 멘다. 노스트라다무스의 예언을 들은 사람들의 심정을 이해할 수 있을 것 같다.

5, 4, 3, 2……

아악! 길고 날카로운 비명을 지른다.

1.

느린 동작 화면을 보는 것 같다. 시간이 정지한 듯 고요하다.

내가 뭘 하고 있는 거지?

나는 죽어가고 있다.

32

〈A-1 특별자치구 사건이 풀리지 않은 지금 참담한 소식을 전해드립니다. 5억 8천여 명의 사람들이 돌연사한 것으로 밝혀졌습니다. 과학자들의 끈질긴 분석 끝에 인류 재앙의 베일을 벗겨냈습니다. 인류를 공포에 몰아넣은 사건의 주범은 나노로봇 백신입니다. '죽음의 사도' 중 컴퓨터를 능숙하게 다루는 박 씨는 메멜 슈퍼 컴퓨터에 바이러스를 유포해 범행을 저질렀다고 자백했습니다.〉

33

한 번 죽는 것은 사람에게 정해진 것이요.

크리스마스의 귀공자

김미향 | 중3

11월을 고스란히 접고, 12월로 접어드는 달이 되었다. 거리의 연인들은 크리스마스를 고대하며 서로의 속삭이기에 바빴고, 어른들은 아이들 선물로 무엇을 줄까 생각하고, 학생들은 시험 끝, 행복 시작에 즐거운 마음으로 크리스마스를 고대했으며, 아이들은 크리스마스 선물로 무얼 받을지, 무얼 달라고 할지 생각하며 크리스마스를 기다렸다. 그리고 각 교회들은 크리스마스 행사를 준비하느라 한창이었다.

이 중에 베렛이란 한 소녀가 있었는데, 이 소녀는 기독교인으로, 교회의 크리스마스를 준비하고 있었다. 베렛은 크리스마스 뮤지컬을 준비 중에 있었는데 첫 출발부터 순조롭게 진행되지 못했다. 중ㆍ고등부 다 합해서 10명도 채 안되어서 인원이 너무 부족했던 것이다. 뮤지컬이 너무나 하고팠던 베렛과 중ㆍ고등부원들은 한 명의 인원이라도 더 보태려고 애를 썼다. 가까스로 청년부를 도입시켰지만, 청년부원들은 대부분이 완강히 거부하여, 단 2명만이 그들을 도울 뿐이었다. 그래서 그들이 할 수 있는 일은 바로 전도, 전도뿐이었다. 그들은 전도할 수 있도록 열심히 기도했다.

"하느님, 부디 딱 1명, 딱 1명이라도 좋으니, 제발 딱 1명만 우리에게 보내주세요. 주님을 위해 최선을 다해서 이 행사를 준비할 수 있게, 딱 1명이라도 저희에게 보내주세요."

이 기도 내용으로 뮤지컬에 참가하는 모든 이들은 매일같이 기도를 했고, 그 기도가 이루어지기를 바랐다.

어느 날 여느 때와 같이 단 한 사람의 배역을 제외한 뮤지컬 배우들은 각자 연습을 하고 있었다. 물론 베렛도 열심히 연습하고 있었는데, 교회 문 쪽에서 잘 생긴 남자가 걸어왔다. 단정한 머리에, 깔끔한 무테안경, 귀품 있는 눈, 가지런하고 선명한 눈, 코, 입을 가진 귀공자 같은 남자가 광채를 띄며 걸어오더니 의자로 다가와 앉았다. 베렛은 생전 처음 그렇게 멋있는 남자를 보았다. 게다가 그는 베렛이 꿈꾸는 이상형이었기 때문에, 모든 사춘기의 여자들이 그렇듯, 베렛은 그에게 한눈에 반하고 말았다.

"어! 도착했니?"

음악을 관리하시던 선생님께서 반갑다는 듯이 그 남자 옆으로 가더니 우리에게 말했다.

"얘들아, 다들 인사해. 여기 이 학생은 고3이고 K대학에 입학했는데, 선생님이 전도해 왔어. 앞으로 우리와 같이 뮤지컬을 할 거야. 이름은 노블이라고 해."

그 귀공자가 우리와 같이 뮤지컬을 한다니, 베렛은 황홀해서

쓰러지는 줄 알았다. 이때부터 베렛의 로망은 시작되었다.

　노블은 하나님 역할을 하게 되었다. 그 때문에 하나님 역할을 연습하던 중·고등부 학생회장이 예수 역을 맡게 되었다. 이것이 다른 부원들에게는 불만이었지만, 베렛에게는 너무나 당연한 일이었다. 왜냐하면 베렛에겐 하나님의 모습이 곧 노블의 모습이었기 때문이다. 노블이 하는 일은 전부 당연한 일 같았고, 옳은 일처럼 느껴졌다. 그리고 노블과 눈이 마주치기라도 하면, 얼굴이 홍당무가 되어 붉어지고 어쩔 줄을 몰라 했다. 베렛에게 노블은 최고의 귀공자였고, 최고로 멋있는 남자였고, 하나님이었다.

　베렛은 뮤지컬에서 비록 엑스트라였지만, 조금이라도 노블의 눈에 띌 수 있도록 열심히 연습했다. 남들보다 두 배 세 배 연습을 했으며, 하기 싫은 일도 마다하지 않고 나서서 했다. 이러한 베렛의 마음을 아는지 모르는지 노블은 베렛에겐 별 관심이 없었다. 그래도 베렛은 더 열심히 연습했다. 베렛에겐 노블이 있다는 그 자체만으로 행복이었다.

　저녁 시간이자 쉬는 시간 여느 때처럼 옆 분식점으로 그들의 일용할 양식을 사러 누군가가 가야 할 시간이 돌아왔다.

　"오늘은 누가 다녀올 거야?"

　"저요!"

　베렛이 손을 번쩍 들었다.

　"어, 베렛이 갔다 온다고?"

"네!"

"그래, 또 누구 같이 갈 사람 없니?"

베렛은 어떻게든 노블의 눈에 띄고 싶었다. 그래서

"저 혼자 갔다 올게요! 힘 그까짓 거 아무 것도 아니죠! 시켜만 주세요!"

어느 때보다도 베렛은 힘이 넘쳐 보였고, 행복해 보였다. 이러한 베렛의 모습을 본 건지 못 본 건지 노블은 그저 그런 표정으로 베렛의 힘찬 뒷모습을 바라보고 있었다.

베렛이 나가자 부원들은 하나둘씩 소곤거렸다.

"쟤가 저렇게 늠름하고 나서길 좋아했었나?"

"그러게, 쟤 맨날 뭐 하자면 슬쩍슬쩍 끼기만 하고 뒤꽁무니 쏙 빼고 숨던 애가 오늘은 왜 저래? 뭐 시키면 지지리도 싫어하는 아이가 싹 변했네?"

"혹시 저기 노블 오빠 때문이 아닐까?"

"정말?"

그 시각, 베렛은 번개 같은 속도로 음식을 사서 오고 있었다. 과격한 로켓 엔진을 달아 꼭 넘어질 기세였지만, 행여나 음식이 식어서 노블 오빠가 맛이 없어하면 어쩌나 하는 걱정 때문에 다른 것은 신경 쓸 겨를이 없었다.

교회를 들어서며 베렛은 외쳤다.

"자, 자, 왔어요. 왔어!"

그 순간,

"앗!"

로켓 엔진이 결국에는 힘을 발휘하고 말았다. 베렛이 하늘을 난 것이다.

음식물은 공중에서 순간적으로 입구가 열리면서 모두 아름다운 자태로 쏟아져 나왔고, 베렛과 뮤지컬 배우들은 멍하니 그 모습을 쳐다보았다. 그리고 운동에너지가 0이 되고 위치 에너지가 최고점이 되어 음식물이 벌처럼 내려앉는 순간 모두 다 눈을 감고 말았다.

'우씨! 내 아까운 돈들!'

'아, 오늘 저녁은 다 간 건가?'

'아차!'

어묵 국물이 머리 위에 세례 될 것을 생각하며 베렛이 눈을 찔끔 감는 순간, 기적 같은 일이 벌어졌다. 엎질러져서 난장판이될 줄 알았던 음식들이, 만두는 기름기가 빠진 채 담백하고 바삭한 맛을 자랑하며 그릇에 고스란히, 여느 중국집에서 배달된 것보다 더 가지런히 정리 되었고, 어묵은 불필요한 건더기가 싹 빠진 한 번에 먹을 수 있는 온도로 조절된 먹음직스러운 어묵으로완성, 김밥은 회전하면서 더 단단하게 말아져 속이 단단하게 말아졌다. 이렇게 베렛이 사온 음식들은 정리 정돈되어 위생은 물론, 맛과 온도, 향까지 완벽히 갖춘 음식들이 되어서 그들 앞에 고스란히 먹음직스럽게 차려졌다.

"와!"

모두 로또 복권 당첨보다 더 희귀한 일에 감탄하며 베렛의 묘기에 박수를 쳐 주었다.

"사곤데…."

"야, 사고치곤 너무 신기하지 않아? 비결 좀 가르쳐 주라."

"……."

감탄의 환호성과 칭찬 속에 베렛이 고대하던 그 목소리가 들렸다.

"진짜 신기하다."

그건 귀공자가 처음으로 베렛을 보며 오로지 베렛에게 하는 말이었다. 순간 베렛은 너무 기뻐 얼굴이 홍당무가 되었다.

"자, 자, 이러지들 말고 먹읍시다. 베렛! 수고했어."

"네!"

베렛에겐 더할 나위 없이 맛있는 저녁식사였다.

그날 밤, 베렛은 쉽사리 잠들지 못했다.

'오! 베렛의 낭군님!'

베렛의 머리속엔 온통 노블 생각밖에 없었다.

"노블 진짜 멋져! 손이라도 잡아봤으면! 고백이라도……. 노블 오빠!"

3일 뒤, 그들은 다시 모여 연습을 했다. 오늘은 베렛의 개인 안무 연습 날이었다. 각자의 독무대 중 베렛이 할 부분의 안무 연습 시간이었다. 베렛은 좀더 멋진 춤을 위해 골똘히 생각하고 있었다.

"이 부분에서 좀 섹시하게 할까? 아님 큐티하게? 섹시하게 한다면 웨이브는 기본이겠지? 상체를 앞으로 숙였다가 쓸어 올려 줄까? 머리를 헤치고? 깜찍하게는 오른쪽 방향으로 콕콕 지르면서 나가는 거야. 흠, 다 맘에 드는데 어떻게 하지? 어떻게 하지? 아, 고민이네. 깜찍하게 하면 과연 노블 오빠의 눈에 띌까? 섹시하게 콱 나가 버려?! 그러려면 의상을 따로 맞춰야 하나? 그렇다면 의상은 어떤 걸로 하지?"

그런데 이게 어찌 된 일인가! 한참 고민하던 베렛의 눈에 천사가 보였다.

"처…… 천사?"

그 천사는 창문 틈사이로 힐끗 내다보더니만, 갑자기 조심스럽게 베렛에게 날아왔다.

그리고 말을 걸었다.

"네가 베렛이니?"

"네……."

"자, 가자! 천국으로!"

"예에?"

베렛은 어찌된 영문인지는 몰랐지만, 왠지 슬픈 것 같기도 하고, 천국을 간다니 잘 된 것 같기도 하고 하는 복잡한 감정 속에 천사에게 이끌려 하늘로 올라가기 시작했다.

드디어 천국에 도착하자, 천사는 베렛의 손을 이끌며 제일 웅대한 성으로 갔다. 그 성의 기둥들은 고딕 양식을 쓴 듯 하늘을 찌를 듯 높게 솟아 있었고, 몸체는 바로크 양식으로 거대한 것은 기본이고 웅장하고, 거센 느낌을 주었다. 반면 성문은 로코코 양식으로, 꽃과 천사들이 섬세하고 세세하게 부조되어 있었다. 정말 살아서 움직일 듯한 그리스 신화에 나오는 대장장이의 신 헤파이스토스가 지은 듯한 찬란, 웅장, 고고한 성이었다.

성 안은 더 놀라웠다. 옛 고대 그리스의 신전들을 보는 듯, 기둥들은 드높이 솟아 있었고, 바닥은 온통 금과 은, 각종 희귀한 보석들로 가득 수놓아져 하나님과 예수님의 업적을 기리는 조각이 새겨져 있었다. 베렛은 꿈에도 못 볼 그런 그림들에서 눈을 뗄 수가 없었다.

베렛은 그림들에서 성 안 깊숙한 곳으로 눈을 돌렸다. 그 깊숙한 곳으로 가까워지자 그 옆에 베렛은 더욱 놀라운 광경에 그 자리에 서고 말았다. 그곳에는 하나님과 그 옆에 천사와 예수님이 계셨고 그 아래에 12제자들이 앉아 있는 것이었다.

베렛은 하나님 앞에 나아간다고 한걸음 내딛었다. 그런데, 어느새 베렛은 하나님 맨 앞에 와 있었다. 너무도 놀라웠지만 베렛은 하나님께 예의를 갖추었다. 그러자 하나님께서 광채를 두르시고 내려오시더니, 베렛의 손을 잡고 베렛의 손등 위에 키스를 하는 것이 아닌가? 너무나 황당한 나머지 베렛은 하나님의 얼굴을 쳐다볼 뿐이었다. 자세히 보니, 하나님의 얼굴은 노블 오빠의 얼굴이 아닌가?! 얼굴이 새빨개져서 돌아보니, 천사와 예수님 자리엔 중등부 선생님과 고등부 선생님이 각각 앉아 계셨고, 12제자들은 청년회 및 우리 중·고등부원들이었다! 베렛은 너무나 놀라 아무 말도 나오지 않았다. 다시 베렛은 고개를 돌려 하나님의 얼굴을 바라보았다. 그런데 이번엔 하나님, 아니 노블 오빠가 베렛에게 키스를 하려는 것이었다.

"야, 너 여기서 졸고 있으면 어떻게 해? 안무 짠다면서 졸고 있네. 가시나."

앗! 이게 어찌된 일인가? 베렛은 점퍼까지 뒤집어쓰고 자고 있었던 것이다. 그 모든 게 꿈이었던 것이다. 순간 정신이 번쩍 든 베렛은 자리에서 일어나 자신을 깨워준 언니에게 말했다.

"언니! 나 천국 안 갔었어? 나 천국에 있었단 말이야!"

그러자 그 언니는 시큰둥하고 쟤 왜 저러냐는 표정으로,

"무슨 개 짖는 소리야? 너 여기서 내내 잠만 자더라. 엉덩이는 삐죽 내밀고 입은 키스하려는 마냥 오리주둥이 같이 나와 가지고선……. 얼른 와. 전부 기다리고 있어."라고 말했다.

"언니, 누가 나한테 잠바 덮어준 거야?"

"글쎄? 나도 못 봤는데?"

'잠바는 누가 덮어준 것일까? 혹시 노블 오빠가? 뭐 아무래도 좋아.' 사실 그 꿈에서 헤어 나오고 싶지 않았지만, 베렛은 연습을 시작했다.

쉬는 시간, 베렛을 누군가 불렀다.

"베렛, 옆에 예배실 가서 성경책이랑 찬송 피스 좀 정리해서 가져다줄래? 부탁할게."

베렛은 옆방에 가서 성경책이랑 찬송 피스를 일단 모은 뒤, 옮기기 시작했다. 양이 엄청났다. 그래도 노블 오빠의 눈에 띄어야 한다는 생각 아래, 열심히 했다. 옮기는 동안 베렛은 의자에 앉아 있는 노블 오빠를 살짝 보았다. 문자를 보내고 있었다. 그리고는 몇 분 후에 노블 오빠가 씽긋 웃는 것이 보였다.

'헉! 애인한테서?'

베렛은 혼자 이런 생각에 갑자기 허둥대기 시작했다. 사실 노블이 이제까지 그렇게 환하게 웃은 적이 없었다. 너무 슬퍼졌지만 애인이 아닐 것이라는 희망을 버리지 않기로 했다.

몇 주가 지나 드디어 크리스마스 공연 리허설이 있는 날이 되었다.

이 날 베렛의 눈에는 오로지 한 장면만 들어왔다. 바로 하나님, 노블이 등장하는 장면이었다. 노블의 역은 예수님과 대화를 하다가 예수님의 옷을 거두어가는 장면이었다. 비록 짧지만, 음악에 맞춰서 진행되는 말과 행동은 다른 어느 장면보다 아름다웠다. 베렛의 까맣고 맑은 눈 속엔 노블이 있었다. 베렛에게 그 순간은 천국에 있는 시간이나 다름없었다.

리허설이 끝나고, 저녁 시간이 되었다. 이번 저녁시간에 베렛은 음식을 사러 가지 않았다. 베렛은 그 대신 다른 일을 계획했다. 베렛은 다른 부원이 음식을 사러 간 사이 피아노 앞에 앉았다. 베렛의 손이 피아노 건반 위로 올라가고 흰색과 검정의 조화가 이루어지기 시작했다. 베렛은 노블이 자기를 보길 바라며 그 어느 때보다도 더 열심히 건반을 어루만졌다. 피아노 선율은 마치 강물이 유유히 흘러가는 듯 했으며, 그 속엔 노블의 반짝이는 얼굴이 들어가 있었다. 베렛이 보았던 노블의 모든 것이 그 강물 속에 담겨 있었다.

드디어 강물의 흐름이 끝나자, 관중들은 일제히 브라보를 외쳤다. 그 속에는 노블도 있었다. 노블의 밝은 웃음을 본 베렛은 하늘을 날 것만 같았다. 베렛은 피아노를 잘 칠 수 있는 재능을 주신 하나님께 감사하고 또 감사했다. 노블에게 드디어 자신을 알렸다는 기쁜 마음에 베렛은 구름 위를 걷는 기분이었다.

시간이 흘러, 드디어 고대하고 고대하던 크리스마스 날. 이 날 교회에서는 어디서 날아왔는지도 모르는 귀여운 꼬마들이 재롱과, 청년부의 찬양, 할머니들의 춤 솜씨 등 각각 저마다의 장기가 펼쳐졌다.

그리고, 중·고등부의 차례가 되었다. 베렛과 친구, 선·후배들은 차례가 돌아오자 재빨리 저마다의 자리를 찾아 음악을 기다렸다.

이윽고 음악이 시작되었다. 제 1장은 부원 모두의 춤으로 시작되었다. 간단한 율동으로 서막을 연 후 2장이 시작되었다. 제 2장은 악마의 출연으로 세상이 혼란해지자, 예수님이 천국을 떠나 우리를 구하기 위해 떠나는 장면이었다. 베렛에게는 이 뮤지컬의 다른 장은 눈에도, 기억에도 없었다. 오직 2장만이 전부였다. 노블이 등장하는 제 2장이 베렛에게는 전부였다. 그래서 그

뒤의 3~4장은 베렛의 기억에 없다. 베렛의 머릿속엔 온통 노블밖에 없었다.

뮤지컬은 성공적으로 끝났다. 모두들 베렛의 연기력을 칭찬했다. 하지만 베렛은 그 칭찬은 아랑곳없이 노블만을 찾았다. 그러나 노블은 바람처럼 어디론가 사라져버렸다. 그래도 그날, 그 연극은, 노블로 인해서 베렛의 가슴속에 평생 향기 나는 꽃이 되었다. 크리스마스의 귀공자 노블은 베렛에게 훌륭한 크리스마스 선물이었다.

크리스마스 이후에는 원래의 생활로 돌아갔다. 성가대 일을 맡았던 베렛은 다시 성가대 일을 하기 시작했다. 예배 시작하기 전 찬송 연습을 마친 성가대들은 자리에 앉았다. 베렛도 앉았다. 베렛은 앉아서 주위를 둘러보며 노블을 찾았다. 그리고 고요하고 신비한 모습으로 예배를 드리는 노블을 발견하고 노블이 자신과 같이 예배드리는 것에 대해 감사했다. 그리고 고백해야겠다는 다짐을 하였다.

며칠이 흘러 크리스마스 2주 후가 되었다. 이번에도 베렛은 노블을 찾았다. 그러나 그 날 예배가 끝나도록 노블은 오지 않았다.

'오늘은 노블 오빠가 없네 . 어디 아픈 것은 아닐까? 다음 주엔 오겠지?'

그러나 그 뒤로 노블의 얼굴을 더 이상 교회에서 볼 수가 없었다. 베렛은 노블을 볼 수 없다는 절망감에 삶의 의욕을 잃어 갔다. 그리고 기도했다. 크리스마스의 귀공자가 오게 해 달라고, 자신의 눈에 다시 한 번만 모습을 드러내 달라는 기도로 하루하루를 보냈다. 그러나 노블의 모습은 영영 볼 수가 없었다.

오리야 날자

백철훈 | 중3

"이런 게으름뱅이들 같으니라구, 빨리 일어나서 알이나 낳지
못해!"

키가 작고 뚱뚱한 할머니가 들어와서 소리쳤다. 주걱코가 한
뼘은 더 커진 것 같았다.

"귀신은 뭐 하나 몰아. 저런 마귀할멈을 데려가지도 않고."

옆집 아주머니가 한탄하며 엄마에게 말을 건넨다.

"조심해요. 포장 훈제 오리가 되고 싶지 않다면."

엄마가 낮은 목소리로 옆집 아주머니에게 말했다. 그런데도
아주머니는 굴하지 않고 말을 이었다.

"이놈의 세상, 빨리 하늘나라로 갔으면 좋겠어……."

"……."

삼삼오오 모여든 오리들의 분위기가 침울해졌다. 언제쯤이나
알을 낳는 기계로 사는 것이 끝날까. 답은 아무도 알지 못했다.
그저 그런 날이 얼른 다가왔으면 하고 바랄 뿐이다. 쭈뼛쭈뼛 걸
음을 막 옮기려고 할 때 갑자기 심술궂은 인상을 가진 할아범이

모이를 마구 쏟아 부으며 윽박질렀다.

"이 오리놈들! 먹이만 축내고 있을 거야! 어서 알을 낳지 못해!
이 날도둑놈들 같으니라구."

우리에 들어온 할아범이 여기저기 모이를 쏟으며 발로는 마구
모이를 짓밟고 다녔다. 오리들이 그의 앞을 가로막자 오히려 그
는 오리들을 걷어차 버렸다.

'이 오리 놈들! 먹이만 축내고 있을 거야! 어서 알을 낳지 못해!
이 날 도둑놈들 같으니라구."

우리에 들어온 할아범이 여기저기 모이를 쏟으며 발로는 마구
모이를 짓밟고 다녔다. 오리들이 그의 앞을 가로막자 오히려 그
는 오리들을 걷어차 버렸다.

"저리 꺼지지 못해!"

오리들이 그의 발길을 피하려 우왕좌왕하는데 할아범이 나를
돌아보았다.

"오! 네 놈이 새로 태어난 놈이로구나. 음, 암컷이군. 좋아!"

할아범이 아직 채 돋지 않은 날개를 움켜쥐고 번쩍 나를 들어
올렸다.

"어, 엄마!"

있는 힘을 다해 발버둥치지만 어림도 없다. 그런 광경을 지켜
보던 엄마의 눈이 휘둥그레졌다. 잠깐 사이 엄마가 할아범에게
달려들었다. 엄마의 눈에서는 눈물이 끝없이 흘러내렸다. 엄마
는 필사적으로 할아범에게 계속 달려들었다.

"이 오리가 미쳤나? 저리 비켜!"

할아범의 발길질에 엄마가 나동그라졌다. 할아범은 거침없이 우리 바깥으로 나섰다. 문 바깥의 세상은 전혀 다른 세상이었다. 우리 안에서는 볼 수 없었던 풍경들이 마구 눈에 들어왔다. 우리에서는 지붕에 가려 볼 수 없었던 하늘, 눈부신 태양, 짙푸르게 펼쳐진 숲 . 상상도 할 수 없을 만큼 아름다웠다. 할아범의 거친 손아귀가 나를 내려놓기 전까지는 아까의 풍경이 아득하게 느껴졌다. 나는 넓은 널빤지 안에 갇혔다. 널빤지가 부릉부릉 거친 숨을 뱉으며 움직이기 시작했다. 소리가 무서운 나는 고개를 날개 사이에 처박고 움직이지 못했다. 얼마나 지났을까, 널빤지의 흔들림이 멈췄다.

"자, 가자, 새끼 오리야."

음흉한 미소를 지으며 나를 껴안은 할아범이 작은 우리로 나를 던져 넣었다.

"이제부터 네가 살 곳이다."

나는 어리둥절했다. 딱딱하고 음침한 풍경이 두려움을 불러일으켰다. 우리 안으로 선뜻 들어서지 못하고 우리 문을 잡고 흔들었다. 필사적으로 우리 문에 매달렸다. 나가고 싶었다.

"내보내 주세요. 제발, 내보내 주세요."

"이런. 이 자식아, 조용히 하지 못해!"

할아범이 버럭 소리를 질렀다. 그러자 우리 안에 있던 다른 오리들이 수군거렸다. 작고 귀여운 오리 한 마리가 천천히 다가왔다.

"어디에서 왔니?"

어둠 저편에서 잘 보이지 않던 그림자들이 점점 분명해졌다. 몇 마리의 오리가 구석에 옹기종기 모여 있었다. 같은 오리들과 함께 있다고 생각하니 조금 위안이 되었다. 그런데 한 오리가 소리쳤다.

"저 이방인 오리를 몰아냅시다!"

무슨 영문인지 몰라 어리둥절해 하는데 몇 마리의 오리가 내게로 슬금슬금 다가오기 시작했다. 그림자가 조금씩 커졌다.

"이, 이러지들 마세요."

그들에게 부탁했지만 소용없었다. 천천히 걸어오던 그들이 갑자기 꽥꽥거리며 달려오기 시작했다. 버럭 겁이 났다. 그 때 커다란 목소리가 들렸다.

"다들 공격하세요!"

그 중에서 가장 힘이 세 보이는 오리가 나에게 달려들었다. 그 뒤를 따라서 오리들이 일제히 공격을 시작했다. 너무나 무서워서 필사적으로 달아났지만 아직 어린 오리인 나는 걸음이 느려 금세 잡힐 것만 같았다. 우리 오른쪽 넓은 곳으로 몸을 피해 달아나는데 얼핏 작은 구멍이 눈에 들어왔다. 약간 비좁아 보였지만 구멍 안으로 들어갈 수 있을 것 같았다. 재빨리 구멍 안으로 들어갔다. 구멍은 아직 어린 내가 통과하기에는 알맞았다. 구멍을 나와 돌아보니 다른 오리들이 구멍 밖으로 고개를 내밀고 꽥

꽥거리고 있었다. 나는 안도의 숨을 내쉬었다.

"이 오리 자식! 돌아오기만 해 봐라!"

"승부를 내자!"

나는 그 목소리들을 무시하고 몸을 돌렸다. 높은 덤불숲이 펼쳐져 있었다. 얼마나 흘렀을까. 덤불숲을 헤쳐가기가 힘이 들었다. 땅에 떨어진 넓은 나뭇잎을 풀밭에 깔고 잠깐 쉬기로 했다. 보송보송한 나뭇잎이 포근한 엄마의 품처럼 느껴졌다. 엄마를 생각하다가 깜박 잠이 들었다. 얼마나 잤을까. 꿈결처럼 새소리가 들려왔다.

"쩩쩩."

"넌 누구냐?"

나는 나뭇잎에서 일어나 그에게 다가가 물었다.

"난 참새라고 해. 너는?"

"응, 나는 새끼 오리 하양이야."

참새는 반갑게 인사를 하며 나를 맞아주었다. 그러다가 걱정스러운 눈길로 말했다.

"그런데, 넌 여기에서 자고 있었니?"

"응. 왜?"

"여기는 아주 무서운 곳이야. 빨리 집으로 돌아가야 해."

말을 마친 참새가 갑자기 날아올랐다. 그 때 뒤에서 섬뜩한 기운이 다가왔다. 스르륵 하고 무언가 스쳐가는 듯한 느낌이 들었다. 문득 소름이 돋았다. 어떤 위험이 다가온 것 같았다. 쉬이이

이 하는 소리와 함께 한기가 등 가까이로 다가오고 있었다. 무서움을 억누르며 뒤를 돌아보았다. 무섭게 생긴 동물이 기다란 몸뚱이로 나무를 감싸고 혀를 날름거리고 있었다.

"넌 누구냐?"

난 너무나도 무서웠지만 꾹 참고 대답했다.

"나, 나는…… 오리 하양이야."

"진짜 이름처럼 생긴 것도 하얗구나. 나는 뱀이라고 하는데."

목소리에서 비린내가 났다. 무서웠다.

"그런데, 넌 참 맛있게 생겼다."

그 '뱀'이라고 불리는 동물은 내게 섬뜩하고 무서운 말을 건넸다. 하지만 난 물러서지 않고 대답했다.

"왜 그런 걸 물어보니?"

"그냥. 맛있어 보이거든."

뱀이 나무를 감고 있던 몸을 풀어 서서히 움직이기 시작했다. 입에서는 계속 붉은 혀가 들락거렸다. 온몸에서 소름이 돋았다. 눈앞이 캄캄했다. 그 때 어디선가 푸드득 소리가 났다. 고개를 들어보니 나와 비슷하게 생긴 동물이 뱀의 머리를 부리로 힘껏 내리쳤다. 고개가 푹 꺾인 뱀이 황급히 덤불 속으로 사라졌다. 너무 놀란 나는 그 자리에 얼어붙은 채 멀뚱멀뚱 서 있었다.

"괜찮니?"

나와 비슷하게 생긴 동물이 말했다.

"응. 괜찮아. 구해 줘서 고마워."

"나는 청둥이라고 해. 청둥오리지. 나는 지금 여기를 떠나서 남쪽으로 가는 중이야. 괜찮다면 나랑 같이 가지 않겠니?"

청둥이는 나에게 남쪽으로 함께 가자고 제안을 했다. 남쪽은 여기보다 훨씬 따뜻하고 먹을 것도 많다는 얘기를 곁들였다. 하지만 엄마가 보고 싶었다.

"가고는 싶지만 그럴 수 없어."

"왜?"

청둥이가 고개를 갸웃거리며 물었다.

"엄마 곁으로 돌아가야 해."

"어디 계시는데?"

"나도 몰라."

청둥이는 한심하다는 듯이 물었다.

"엄마가 계신 곳을 왜 몰라?"

"난 쭉 우리에서만 살아왔어. 우리 안이 세상의 전부였지. 바깥 세상에 대해선 하나도 모른단 말야."

청둥이는 여전히 고개를 갸웃거렸다. 맑은 눈으로 뚫어지게 날 쳐다보다가 하늘도 보다가 숲을 보다가 다시 나를 보며 말했다.

"이해가 안돼. 이 넓은 세상을 모르고 살았다니……. 그럼 네가 살던 고향 이름은 알아?"

"아니……. 몰라."

청둥이가 턱을 괴고 심각하게 생각에 잠겼다. 한참 생각에 잠겨 있던 청둥이가 입을 열었다.

"일단, 가자!"

"어딜?"

청둥이가 내 손을 붙잡아 끌며 말했다.

"나랑, 우리랑 같이 남쪽으로 가자."

깜짝 놀란 난 청둥이의 손을 뿌리쳤다.

"싫어. 나는 가지 않을 거야."

"그럼 어떻게 할 건데? 너 혼자 어떻게 살아가려고? 이 숲이 얼마나 위험한지 알기는 해?"

청둥이는 덤불숲이 얼마나 위험한 곳인지 설명하며 열심히 나를 설득하려고 했다. 밤과 낮의 기온 차, 이름을 알 수 없는 위험한 동물들, 또 먹을 수 없는 독초들까지 일일이 설명해 주며 청둥이 무리와 함께 남쪽으로 가기를 권했다. 결국 나는 청둥이의 무리 속에 끼어들기로 했다. 엄마가 보고 싶었지만 위험한 덤불숲에 혼자 남겨지는 게 두려웠다.

"오랜 시간 비행해야 하니까 많이 먹어두는 게 좋을 거야."

"비행이라니?"

나는 깜짝 놀라서 물었다.

"비행! 비행 모르니? 나는 것 말이야."

"난, 날 줄 몰라."

내 대답에 청둥이가 더 놀랐다.

"그러면 어떡해? 곧 시작될 텐데."

청둥이의 말이 끝남과 동시에 청둥이의 무리들이 하늘 높이 날아오르기 시작했다. 날개를 활짝 편 오리들이 얼마나 많은지 하늘을 뒤덮어 버렸다. 오리들 사이로 가끔 파란 하늘이 조금씩 보였다가는 사라졌다. '아 저게 나는 거구나.' 난생 처음 보는 광경이 너무 놀라웠다. 낯설고 신기한 광경에 멍하니 서 있는데 청둥이의 목소리가 들렸다.

"하양아, 미안해. 네가 날 줄 모른다니 내가 어떻게 도와줄 수가 없겠구나. 도움이 되지 못해서 미안해. 난 빨리 무리를 따라가야 해. 그럼, 안녕."

청둥이가 우물쭈물 하다가 하늘로 날아올랐다. 청둥이의 몸이 조금씩 작아지다가 점처럼 변하다가 완전히 보이지 않을 때까지 우두커니 하늘만 바라보고 있었다. 앞길이 막막했지만 어쩔 수 없었다. 나는 날 수 없었기 때문이다. 저절로 한숨이 나왔다. 도리 없이 나는 좁은 숲길을 따라 걷기 시작했다. 방향을 전혀 알지 못하면서 걸음만 옮겼다. 가만히 앉아 있을 수는 없었다. 한참 시간이 흘렀다. 주위를 둘러보았다. 아까보다 숲이 꽤 깊어진 것 같았다. 인간의 손길이 전혀 닿지 않은 곳처럼 보였다. 나는 또 뱀이 나타날까 두려워 빨리 걷기 시작했다. 곧 흙도 아닌 진흙도 아닌 단단한 검정색 길이 나타났다. 딱딱한 촉감이 왠지 싫었다. 이곳을 얼른 벗어나야겠다는 생각이 들었다. 검정색 길 건너편에 야트막한 풀밭이 보였다. '그래 저기까지만 가자. 오늘은 저기서 쉬어야겠다.' 야트막한 풀밭이 편안해 보였던 나는 걸음

을 빨리해 검정색 길을 건너가기 시작했다. 그런데 갑자기 할아
범의 널빤지에서 나던 소리가 들려왔다. 얼른 풀밭에 숨어 주위
를 살펴보았다. 다행히 할아버지의 널빤지와는 소리만 같을 뿐
모양이 달랐다. 안도의 한숨을 내쉬며 풀밭에 털썩 주저앉았다.
그때 머리 위에서 무언가 파닥거리는 소리가 났다.

"하양아!"

청둥이의 목소리였다. 날개를 접은 청둥이가 사뿐히 풀밭에
내려앉았다.

"어디 갔었어? 한참 찾았잖아. 그리고 여기는 아주 위험한 곳
이야. 오면 안 되는. 내 친구들이 여기를 지나다니는 커다란 괴
물 때문에 많이 죽었단 말이야."

그 괴물은 청둥이도 무서운 모양이다.

"근데, 왜 다시 돌아온 거야?"

청둥이는 깜박 잊었다며 어떻게 된 건지 설명해 주었다. 남쪽
으로 무리와 함께 날아가는데 자꾸만 내 생각이 나더란다. 그래
서 무리를 먼저 보내고 청둥이는 다시 돌아왔다고 했다.

"고마워, 청둥아."

나는 나를 위해서 다시 돌아온 청둥이가 눈물 나게 고마웠다.
청둥이가 자리를 털고 일어나면서 말했다.

"빨리 비행 연습을 하자."

"왜"

"너, 엄마 구해야지!"

청둥이는 날아오르기 전에 처음 뛰는 자세를 설명하며 말했다. 나는 내 가장 큰 걱정거리를 해결해 주기 위해 돌아온 청둥이가 정말 든든했다. 그리고 엄마를 구하기 위해서라도 청둥이가 가르쳐 주는 모든 동작을 숙지하려고 애썼다. 청둥이는 최선을 다해 나는 방법을 알려 주었고 나는 그런 청둥이에게 고마워하며 반복해서 연습을 했다. 그러나 배우기는 쉽지 않았다. 한참을 연습한 후에 피곤했는지 잠깐 쉬자고 말한 청둥이가 물속으로 들어갔다. 청둥이는 설마 하는 눈길로 나를 바라보며 물었다.

"수영할 수 있어?"

나는 자신 없는 눈빛으로 청둥이를 바라보았다.

"물에 뜨는 건?"

여전히 나는 자신 없는 눈빛을 하고 있었다.

"난 여때껏 우리 안에서만 살았어. 거기에는 연못도 없고 날 수 있을 만큼의 공간도 없어. 사방은 온통 철망뿐이야. 철망 뿐이었다구!"

나도 모르게 소리를 질렀다. 청둥이는 아무 말이 없었다. 청둥이에게 소리 지른 게 아닌데. 우리 안에 오리들을 가두고 기계처럼 알 낳기만을 강요하는 인간들에게 소리친 건데. 우리도 맘껏 날고 헤엄칠 수 있는 권리가 있어. 우리에게도 그럴 자유가 있다구.

"미, 미안해."

청둥이에게 미안했다. 나를 위해 자신의 무리까지 떠나 돌아온 청둥이인데. 살해주지는 못할망정 소리를 지르다니. 그것이 인간들을 향한 절규라고 해도 청둥이 앞에서는 그러면 안 되는 거였다.

"이리 와. 수영하는 법도 가르쳐 줄게."

청둥이는 수영하는 벅과 나는 법을 끈기 있게 가르쳐 주었다. 결국 수영하는 법을 익히게 된 나는 날 수 있다는 희망도 갖게 되었다. 청둥이는 조금만 있으면 날 수 있을 거라고 내게 희망과 자신감을 불어넣어 주었다. 열심히 나는 법을 익힌 얼마 후에 몸이 조금씩 떠오르기 시작했다. 몸이 몇 배는 가벼워진 것처럼 두둥실 바람을 탈 수 있었다. 발이 땅에서 떨어지고 깃털 사이로 공기가 스며들면서 나는 풍선처럼 가벼워졌다. 봄날 아지랑이처럼 하늘하늘 몸이 둥실거렸다. 아, 이런 것이 비행이구나. 하지만 높이는 아직 일 미터도 되지 않았다. 청둥이가 내 손을 잡고 언덕으로 올라갔다.

"여기서 날아 보자."

나는 눈을 휘둥그레 뜨고 청둥이를 바라보았다.

"이렇게 높은 곳에서!"

"매일 연습만 할 수는 없잖아. 빨리 엄마를 구해야지."

엄마를 구해야 한다는 말에 나는 눈을 질끈 감고 날아올랐다. 두려움이 앞섰지만 엄마를 구해야 했다. 엄마를 구해야 한다.!

"하양아, 힘내!"

첫 비행. 몸이 조금 떠올랐을 거라 생각한 나는 조금씩 눈을 떴다. 저 멀리 앞서서 날아가고 있는 청둥이가 보였다. 아래를 내려 보았다. 청둥이와 함께 신나게 헤엄치던 연못이 손톱만큼 작아 보였다. 아, 이제 나도 날 수 있다. 나도 날 수 있다! 상쾌한 바람이 얼굴에 부딪쳤다. 풀밭에서는 맡아보지 못한 공기의 냄새가 코끝을 간질이며 지나갔다. 내 생에 가장 아름다운 시간을 나는 하늘에서 만나고 있었다.

"하양아, 속도를 맞춰!"

기분이 너무 들뜬 나머지 속도를 조절하지 못하고 어느 새 청둥이를 앞질러 버렸다. 청둥이가 재빨리 날아와 내 옆에서 날개를 흔들었다.

"기분이 어때?"

"좋아. 너무 신나."

청둥이가 주변을 둘러보며 말했다.

"바로 가자."

"어딜?"

"엄마한테. 어디인 줄은 알지?"

"응. 느낌으로만."

한 시간 쯤 비행했을까. 눈에 익은 곳이 나타났다.

"청둥아, 여기 같아."

청둥이와 나는 아래로 내려갔다. 하지만 처음 보는 오리들이었다. 오리들이 낯선 우리들의 방문에 술렁이기 시작했다. 대장으로 보이는 수컷 오리가 앞으로 나와서 무엇 때문에 왔는지 물었다.

"엄마를 찾으러 왔어요."

"여기가 아닌가봐."

청둥이가 걱정스럽게 말했다.

"우리 다른 곳으로 가보자."

그때 한 오리가 우리를 가로막았다.

"순순히 나갈 순 없지."

주변에 있던 오리들이 일제히 고개를 끄덕이며 우리를 에워
쌌다.

"왜 이러세요!"

그러나 소용이 없었다. 오리들이 청둥이와 나에게로 천천히
다가왔다. 그들은 우리가 그들의 평화를 깨뜨리기 위해 온 것으
로 생각하고 있는 듯 했다.

"하양아, 날아!"

청둥이의 고함에 맞춰 몸을 공중으로 붕 띄웠다. 간신히 빠져
나온 우리는 다시 다른 곳을 찾아 날아갔다. 하늘에서 내려다보
며 고향을 찾는 건 쉬운 일이 아니었다. 높은 곳에서 내려다보는
풍경은 지상에서 바라본 풍경과는 많이 달랐다.

"저기 아냐?"

"맞는 거 같아."

청둥이와 나는 우리 주변의 풀밭에 내려앉았다. 주위를 둘러
보았다. 철망으로 둘러싸인 우리 안에는 오리가 없었다. 어디선

가 오리들 소리는 나는데 우리 안은 텅 비어 있었다. 다시 주변을 살펴보았다.

"저기!"

철망 우리 뒤쪽으로 허름한 벽돌 건물 안에서 나는 소리가 분명했다. 살짝 날아올라 지붕과 담벼락 사이 좁은 틈으로 들어갔다. 어두웠지만 언젠가 본 풍경이었다. 날씨가 추워지면 오리들이 알을 잘 낳지 않기 때문에 늦가을부터 봄까지 오리들을 가둬두는 곳이었다. 조금이라도 따뜻해야 오리들이 알을 낳기 때문이다. 인간은 영악한 동물이다.

"여기 맞아."

"빨리 엄마를 찾아야지."

청둥이는 지붕 아래 앉아서 주위를 살펴보기로 하고 나는 엄마를 찾아 안으로 들어갔다.

"엄마! 엄마!"

멀리서 낯익을 목소리가 들렸다.

"하양이 아니니?"

"아줌마, 엄마는 어디 계세요?"

아주머니가 뒤쪽으로 나를 이끌었다. 엄마는 몸이 편찮으신지 자리에 누워 계셨다. 우리를 떠나올 때보다 훨씬 야윈 모습이었다. 아마도 자식 생각에 애가 많이 타셨던 것 같다. 어쩌면 그 할아범이 괴롭혔을지도 모른다.

"엄마!"

"오! 하양아!"

엄마를 끌어안고 엉엉 울고 싶었다. 참 오랜만에 맡아보는 엄마 냄새. 꿈에도 그리웠던 향긋한 냄새. 엄마는 나를 끌어안고 소리죽여 울고 계셨다. 그 때 날카로운 소리와 함께 문이 열렸다. 오리들은 일제히 숨을 죽였다.

"이 자식들. 자꾸 먹이만 축낼 거지?"

할아범이었다. 둔탁한 목소리가 어둠을 뚫고 사방으로 흩어졌다. 할아범은 아직도 오리들을 괴롭히고 있었다. 문 밖에서 들이치는 빛이 할아범을 더 무섭게 만들었다. 그림자가 휘청거렸다. 술에 취한 것처럼 몸을 가누지 못하고 걸음이 엇갈리고 있었다.

"웅? 왠 청둥오리야? 그렇지. 청둥오리 알은 꽤 비싸지. 가만, 수컷 같은데."

엄마를 만난 걸 알고 어느 새 곁에 다가온 청둥이를 할아범이 알아보았다. 할아범은 구석에 있던 빗자루를 집어 들었다. 청둥이를 내려치려고 빗자루를 들어 올린 순간 청둥이가 천장으로 날아올랐다.

"오호라. 날 줄도 아는 녀석이군. 잘 됐다."

할아범은 사다리를 가져와 천장을 가로지른 기둥에 기대놓고는 사다리를 오르기 시작했다. 나는 오리들에게 있는 힘을 다해 소리쳤다.

"할아범이 사다리 위로 올라가면 힘껏 사다리를 밀어 버립시다."

오리들이 일제히 사다리 주변으로 모여들었다. 할아범이 사다리 높은 곳까지 올라가자 모든 오리들이 사다리를 밀기 시작했다.

"영차! 영차! 힘내세요!"

구령을 맞춰가며 오리들은 더욱 세게 사다리를 밀었다.

"어. 어. 이 오리들이 돌았나? 다들 그만두지 못해?"

할아범이 호통을 쳤지만 다들 아랑곳 하지 않고 오히려 더 세게 사다리를 밀었다. 흔들거리던 사다리가 드디어 한쪽으로 기우뚱 기울었다. 사다리 위에서 중심을 잃은 할아범이 바닥으로 나동그라졌다. 하지만 곧바로 일어선 할아범은 빗자루를 주워 오리들을 때리려고 머리 위로 빗자루를 들어올렸다. 그때 천장에 있던 청둥이가 쏜살같이 날아와 할아범의 머리를 부리로 쪼아댔다.

"어이쿠!"

비명과 함께 할아범이 땅바닥에 고꾸라졌다. 오리들이 쓰러진 할아범의 배에 올라타 발을 굴렀고 나머지 오리들은 팔이며 다리, 옆구리 등을 마구 쪼아댔다. 견딜 수 없었던 할아범이 황급히 밖으로 달아나려고 했다.

"이제껏 우리는 이 우리 안에서 기계처럼 살아왔습니다. 이 바깥의 세상이 어떤지 아십니까? 얼마나 아름다운지를, 얼마나 자유로운지를 아십니까? 여기를 벗어나 우리 모두 아름다운 자연으로 돌아갑시다!"

하지만 바깥세상의 자유와 아름다움을 알지 못하는 대부분의 오리들은 오히려 바깥세상을 두려워했다.

"먹이는요?"

"바깥에는 고양이 같은 무서운 동물이 많잖아요?"

청둥이가 나섰다.

"바깥은 적어도 우리 오리들을 기계 취급은 하지 않아요. 우리도 자유롭게 살아갈 권리가 있잖아요. 언제까지 인간이 던져주는 모이를 먹으며 비굴하게 살 겁니까? 우리 오리들의 삶은 오리들의 것입니다. 인간의 것이 아닙니다.

청둥이와 내가 엄마를 부축하고 먼저 문을 향해 걸어갔다. 문 앞에 서서 뒤를 돌아보았다. 두려움 반 호기심 반으로 가득한 오리의 눈망울이 빛나고 있었다. 청둥이와 나는 자신 있게 우리를 나섰다. 눈부신 햇살이 마당 가득 쏟아지고 있었다. 뒤따라 나온 오리들이 탄성을 질렀다. 마당을 가로질러 풀밭으로 긴 행렬이 이어졌다. 이제 우리 모두는 자유다. 우리도 자유롭게 날고 자유롭게 헤엄치며 아름다운 자연과 함께 살 수 있다. 오리들은 덩실덩실 춤을 추며 풀밭으로 향했다.

일 년이 흘렀다.

"엄마."

"왜?"

"저 강은 아주 아름답죠?"

잔잔하게 흐르는 강물을 가리키며 말했다.

"그렇구나."

부드럽게 대답하던 엄마의 목소리가 화들짝 놀란 목소리로 바뀌었다.

"너, 알은 어쩌고 왔어?"

"청둥이가 품고 있어요."

"그렇구나. 우리 귀여운 하양이 알 좀 보러 갈까?"

엄마와 나는 둥지로 돌아왔다. 청둥이는 즐거운 표정으로 열심히 알을 품고 있었다. 찬 바람이 들어가지 않도록 날개를 잔뜩 오므려 알을 보듬고 있었다.

"쉿! 알이 깰 거 같아."

"내가 품을 게."

"그래, 우선 나는 먹이를 좀 준비해야겠어."

청둥이가 먹이를 준비하기 위해 강으로 날아갔다. 배로 알을 부드럽게 감싼 나는 날개를 오므려 알의 여기저기를 부드럽게 문질러 주었다. 이제 우리 새끼 오리들에게는 기계와 같은 삶을 물려주지는 않을 거야. 너희는 아주 예쁘고 자유롭게 살아야 한단다. 엄마가 도와줄게. 지금 태어난 아기에게 말하듯 나는 알에게 속삭였다. 멀리 푸른 하늘을 타고 청둥이가 먹이를 물고 돌아오고 있었다. 찬란하게 빛나는 강물이 청둥이에게 환호를 보내고 있었다.

상끄뚜스

조환필 | 중3

'여긴 어디지?'

그건 내가 알고 있는 시간과 공간의 개념에 갑작스런 균열을 일으키며 순식간에 나를 미아로 만들어버리는 충격적인 질문이었다. 마치 혼자서 백 년 동안의 깊은 잠에 빠져있었던 것처럼, 잠에서 깨어나 보니 익숙했던 나의 시간은 나를 내동댕이치고 영원히 가버린 것 같은, 대신 낯설고 이상스런 시간의 거울이 내 모습을 기이하게 굴절시켜 보여주는 듯한, 그런 기분이었다. 내 안에서 갑자기 생겨난 그 질문은 나를 허둥거리게 했다. 그랬다. '史'의 진술에 따르면 저 거대한 반투명의 돔형 특수 유리, 그것 너머엔 푸른 '하늘'이라는 것이 있었다는 것이다. 하늘에는 손톱 같은 '흰 달'이라는 것이 돋아나 한 달 주기로 점점 둥글어지고, 철새가 이동하는 길이 있으며 흰 구름이 검은 구름으로 변하여 비를 뿌려 주었으며 비를 머금은 초록 풀들이 성성한 이파리를 펴는 대지라는 것이, 꼬물거리는 온갖 씨앗을 품고 있는 건강한 땅이, 이 시멘트 블록 아래 끝도 없이 펼쳐져 있었다는 것이다.

그것이 사실일까? A 21-13, C 35-9, 와 같은 이름을 가진 바둑판형 거리 대신 서로 다른 모습을 가진 집들과 집 마을과 마을을 이어주는 구불구불한 길들이 세상의 원형이었다는 것이다. 그럼, 나는, 우리는 지금 왜 이곳에 있는 걸까?

그것은 어느 날 나의 집 한구석에서 발견되었다. 나는 그저 서재에서 여느 때처럼 서가를 훑어보며 무슨 책을 볼까 하고 서성대고 있었다. 그 때, 서가의 왼쪽 맨 아래 칸 한 구석에 먼지 덮인 책 한 권이 우연히 눈에 들어왔다. 그것은 너무나 낡아 있어서 얼핏 책꽂이와 구별되지 않았다. 책을 뽑아들었다. 책은 두툼했다. 두께만큼이나 무거운 책이었다. 2000페이지 정도 될까? 요즘 찾아볼 수 없는 분량의 책이다. 퀴퀴한 냄새가 코를 찔렀다. 제목은 '史'였는데, 큰 깊이는 없지만 고대의 언어에 관심을 가지고 있는 나는 그것이 중국 글자라는 걸 곧 알아보았다. 금박 글씨의 흔적이 간신히 알아볼 수 있을 정도는 되었다. 나는 눈살을 찌푸리며 먼지를 털어내고 책을 펼쳤다. 다행히 읽을 수 없을 정도의 손상은 없었다. 세계어로 되어 있는 책이었다.

첫 장의 소제목은 '자연, 그 신비로움'이었다. '자연?' 그건 푼토 선생이 가끔 '말라리아'를 발음하듯 혐오하며 던지는 낱말이었다. 푼토 선생은 말했다.

"우리가 이루어내야 할 최고의 가치는 사회다. 우리의 모든 창조성과 집중력은 좀 더 과학적으로 사회를 유지하고 진보, 발전시키는데 집중되어야 한다. 불순한 세력이 주장하는 자연의 회복은 없다."

나는 불순한 세력이란 게 뭘 의미하는지도 몰랐을 뿐더러 '자연'이란 개념도 역시 뭔가 위험스런, 말하자면 우리 돔이 차단해주고 있는 치명적인 자외선, 말라리아, 피부병과 같은 것들을 뜻하는 것으로만 알았기 때문에 관심 없이 그냥 흘려듣고 말았던 것이다. 자연이란 낱말 아래는 처음 보는 풍경의 그림들이 이어졌다. 우선 내 눈을 사로잡은 것은 밝고 신비한 빛깔을 가진 천장이었다. 그림의 옆에는 '하늘'이라고 쓰여 있었다. 어떤 하늘은 흠 없이 신비한 빛깔이 쨍 소리를 낼 것처럼 투명했고 어떤 그림은 솜 공장에서 생산하는 솜털 같은 뭉치가 뭉개 뭉개 피어나 있기도 했다. 무한한 공간감이 느껴졌다. 우리 돔형 천장과는 달랐다. 하늘 아래는 높고 낮은 언덕들이 곡선을 이루고 있었다. '산'이다. 하늘과는 또 다른 색채로 산의 웅장함은 그의 존재를 고요히 그러나 힘 있게 나타내고 있었다. '산'을 이루고 있는 저 아름다운 것들의 이름은 '나무'였고 '나무'의 무리들은 '숲'이었다. 나는 가만히 '나무', '숲'이라고 발음해보았다. 내 속에서 알 수 없는 뭉클한 파장이 일어나 '나무'와 '숲'이라는 발음을 떨리게 했다. 책장을 넘기는 나의 손도 조금씩 떨리기 시작했다. 이 모든 것을 관장하는 빛이 있었는데 하나는 절대적이고 정열적이지만 포근하고 따뜻한 역동적인 광원과, 은은하고 보완적이지만 어둠을 밝히는 차가운 색의 아름다운 빛의 광원이었다. 태양과 달이라고 했다. 상상화일까? 정말 있었던 사실일까? 진실을 알아야만

했다. 다음 장을 폈다.

지금으로부터 약 46억 년 전(도저히 가늠이 되지 않는다.) 지구라고 불리는 세계가 탄생했다. 하지만 이때의 지구는 생명이 살기에 부적합한 시기였다.

약 40억 년 전, 지구에 최초의 생물이 생겨났다. 하지만 그들은 바다라고 하는 거대한 물속에서만 살았고 세포가 하나뿐인 단세포로 된 생물이었다.

약 27억 년 전, 지구에 산소가 증가하기 시작했다.

약 3억 6000여 만 년 전, 바다 속에서 살던 생물들이 드디어 육지로 올라오기 시작했다.

약 750여 만 년 전, 인류의 출현, 그러나 이들은 오늘날의 침팬지와 비슷한 형태였다고 한다. 이름은 사헬란트로푸스 차텐시스. 그로부터 인류는 점차 진화해 와서 오늘날의 모습까지 오게 됐다. 그런데 침팬지가 뭐지?

BC 563년, 552년, AC 0년, 570년

각 연도에 석가모니, 공자, 예수, 마호메트라고 불리는 인류의 선구자가 태어났다. 이들은 그 후로도 한 동안 인간의 사상에 큰 영향을 미친 위대한 성인들이었다.

서기 1740년, 세계는 성장, 진보, 발전, 문명을 표방하며 거꾸로 망가지기 시작했다. 그 전부터 있어왔던 인간들의 분열과 갈등은 더욱 심화되었다. 인간은 인간을 멸족시켰으며 남은 인류는 점점 그들이 생산하는 기계를 닮아갔다.

서기 1789년, 프랑스 대혁명이 일어났다. 프랑스의 전체적인 절대왕정과 신분적 불평등한 제도에 반발한 시민들은 혁명을 일으켜 그들의 왕과 왕비를 처형하고 새로운 정치제도인 공화정을 선포하였다. 이때부터 유럽은 혁명의 분위기에 휩싸였다.

서기 1914면, 당시에 퍼진 제국주의로 인해 유럽에서는 동양과 아프리카에 손을 뻗쳤다.

그들의 손아귀에서 식민지화 된 나라는 그들의 자원, 노동력 등을 수탈당했고 제국주의 국가는 더욱더 부강해졌다. 그리고 그러한 제국주의 국가 사이의 식민지 분배 문제를 두고 세계 제 1차 대전이 발발했다. 인간의 욕망으로 인해 인류의 1천5백만 명이 사상하는 비극적인 결과를 낳았다.

서기 1939년, 2차 대전 발발, 1차 대전 이상의 사상자를 냈으며 이들의 대다수가 민간인이다. 서기 1945년에 종전.

서기 2152년, 오존층의 사라졌다. 학자들은 오존층의 파괴를 경고해 왔지만 그것은 귀에 너무나 익숙해서 자동차 소리만큼도 사람들을 경각시켜 주지 못했다. 오존층이 사라지자 자외선에 노출된 빙하가 빠른 속도로 녹아갔고 대지는 빙하의 물살에 휩쓸렸으며, 피부암과 전염병으로 인해 인류는 빠른 속도로 줄어갔다. 살아남은 사람들은 빛을 피해 어둠 속으로 숨어들었다. 사람들의 집은 땅 아래로 깊숙이 파고들었으며 두꺼운 지붕에 손바닥만큼 작게 불투명한 창을 내어 최소한이 빛만 받아들였다. 빛을 두려워하는 은둔 생활이 길어지자 사람들의 모습은 진화, 혹은 퇴화되어 갔다. 피부는 백짓장처럼 창백하고 얇아졌다. 뼈는 약해졌고 눈은 두더지처럼 작게 변하였다.

여기까지 읽고 나는 이 책이 사회에서 금한 책임을 알아차렸다. 너무 충격적인 역사였다. 지금껏 들어왔던 푼토 선생의 말과 완전히 다른 것이다. 그는 항상 이렇게 말해왔다.

"존재할 수 있는 모든 것은 이 '사회'안에 있습니다. 지금 여기에서, 당신이 할 수 있는 일, 사회에 기여할 수 있는 일, 당신을 발전시킬 수 있는 일을 생각해보기 바랍니다."

그의 말대로 지하 동굴 속의 인류는 발전에 진보를 거듭하여 마침내 자외선을 차단하는 특수보호막을 개발해내었으며 그건 지하 동굴 속의 인류를 지상으로 이끌어낸 그야말로 천지창조에 버금가는 일이었다. 인류는 지상의 돔형 구조물들을 통제하고 관리하는 정부를 조직했고 정부는 대단한 통제력으로 사회를 이끌어가고 있었다. 그런데 불순세력이란 뭘까? 나는 처음으로 푼토 선생의 불순세력이란 말에 관심을 가졌다.

"쌍끄뚜스."

산테의 목소리가 상념으로부터 나를 깨웠다. 산테는 서재 문 밖에서 미소 띤 얼굴만 내밀었다.

"저녁 먹었으면 좀 걷지 않을래?"

산테의 맑은 음성을 들으면서 세상에 혼자 던져진 것 같은 외로움을 위로해주었다. 저녁 먹는 것을 잊었다는 걸 깨달으며 나는 산테의 손을 잡고 거리로 나왔다. 패스트 푸드점에 들러 샌드위치를 사고 우리는 C 22-6번가를 따라 인공 잔디가 깔린 공원을 향해 걸었다. 몇몇 사람들이 곁을 스쳐 지나갔다. 그들이 한결 같이 핏기가 없이 창백한 얼굴이라는 걸, 우리가 늘 걷는 이 길엔 '史'에서 본 탐스런 꽃 한 포기 없다는 걸 나는 알아버리고 만 것이다.

"상끄뚜스, 오늘 너 좀 다르다. 무슨 걱정 있니?"

사랑스런 산테의 창백한 얼굴을 바라보며 나는 마음이 아팠다.

"산테……"

"응."

"고대 어느 옛 국가에선 상끄뚜스라는 내 이름이 '신성하다'는 뜻으로 쓰였대."

"그래? 좋은데."

"네 이름은 어느 부족국가에서 고맙다는 뜻으로 쓰였고. 네가 고마워. 산테."

"엉뚱하기는."

산테는 웃었다.

"그런데 내 이름은 사라져버린 뜻을 담고 있는 것 같아. 이 사회는 신성하지 않아. 잃어버린 게 너무 많은 사회야."

산테는 발을 멈추고 내 얼굴을 바라보았다. 불안한 눈빛이었다.

정부가 금한 인류의 역사책이 어떻게 해서 사회의 말단 경비원인 내 서가에 꽂혀 있는지 언제부터 거기에 있었는지 알 수 없는 일이었으나 나는 점점 더 인류의 원형, 그 아름다운 세상 속으로 빠져 들어갔다. 퇴근을 하면 서가 깊숙이 숨겨둔 그것을 꺼내 읽고 또 읽었으며 산테와 함께 이 돔을 열고 나가 끝없이 펼쳐진 푸른 하늘 아래를 달려보고 싶었다. 열매가 붉은 과실나무 아래서 낮잠도 자고 싶었다. 그림 속의 사람들처럼 자외선 차단 조끼도 없이 맨살을 드러내고 웃고 싶었다. 정말 이 돔 밖에 그런 세상이 있단 말인가? 아니면 우리가 태어나면서 배워 온 대로 한 발 내딛기만 하면 생명이 시들기 시작하는 무서운 곳이란 말인가? 레이저 총을 메고 경비실에 서서 나는 한숨을 몰아쉬었다. 열세 살이 되어 소년 공간을 벗어나며 내가 배정받은 일은 경비였다. 스물아홉 개의 로봇이 돔의 북동쪽 특수 강철 벽을 촘촘히 지키고 있었다. 아무도 그걸 파괴하려 드는 사람은 없었다. 그러나 로봇은 늘 거기 있었고 나는 로봇의 상태를 점검하는 인간이었다. 경비실 안은 넓었다. 응접용 테이블과 검정색 소파가 경비실 한 가운데에 있고 밖의 상황을 살피는 카메라의 화면을 전송

받는 큰 모니터가 있다. 감시카메라로 찍는 동영상을 이 모니터로도 지켜 볼 수 있다. 모니터를 들여다보고 로봇을 점검하고 로봇이 보내는 정보를 읽는 8시간의 노동이 나의 일이다. 경비실 문을 잠그고 집을 향해 가는 길엔 여전히 사람들이 많이 돌아다닌다. 웃고 있는, 슬퍼 보이는, 화난, 이런 표정들을 찾아본다. 그러나 사람들은 입을 굳게 다물고 발밑을 내려다보며 걸을 뿐이다.

집에는 아무도 없다. 나의 물건들과 정부가 지급한 생필품밖에는. 옛날에는 몇 명이 모여 살아 가정이라는 것을 이루었다는데 정말일까? 그 생각에 어쩐지 혼자 있기 외롭다. 내게는 무언가가 필요했다. 그것이 무엇인지는 아직 모르겠다. 모니터가 밝아지며 푼토 선생이 얼굴을 비추었다. 오늘은 '수업'을 들을 마음의 여유가 없었다.

"무슨 일인가? 왜 수업을 듣지 않았지?"

"…… 자연은 ……, 아직 존재할까요?"

"뭐라고?"

"이 사회가 이 세상의 전부인지 궁금합니다."

"내가 말했지, 우리가 누릴 수 있는 모든 것은 '사회'안에 있을 뿐이라고,"

"아닙니다. 우리는 뭔가를 잃어버린 것 같습니다. 선생님."

그의 얼굴에 잠시 놀란 기색이 스친다.

"우리가 되찾아야할 뭔가가 있지 않을까요? 되찾는 게 가능할까요? 저는 벽을 지키는 이 일에 제 삶이라는 사실을 납득할 수 없습니다."

"자네가 하는 일은 이 사회를 유지하는 아주 중요한 일이야. 그걸 잃어버릴 때 자네는 불순한 세력이 된다."

감정이 격해진 내가 목에 걸린 소리를 토해내려 하는 순간 산테가 모니터를 가로막으며 전원을 꺼버렸다.

"상끄뚜스. 너 비밀을 알아버렸구나."

갑작스런 산테의 방문에 놀라기 전에 산테의 말이 뜻하는 걸 알아차린 나는 기쁨에 들떠 산테를 끌어안았다.

"너도 알고 있었니?"

나는 속삭였다.

"실은 나도 푼토 선생이 말하는 불순 세력이야. 오래 전에 네 방에 史를 가져다 놓은 것도 나야. 널 사랑해. 네가 로봇처럼 살아가게 버려 둘 순 없었어."

산테의 속삭임이 책 속의 푸른 숲처럼 바람처럼 들려왔다.

"조심하지 않음 안 돼. 우리에겐 시간이 필요해. 천천히 모색해야 해. 인류의 조상이 무너뜨린 신의 질서와 아름다움을 되찾기 위해서는 인류가 멸망해온 만큼의 긴 시간이 필요할지 몰라."

"어떻게 해야 하지?"

"푼토 선생은 옳지 않아. 지금 이 '사회'는 우리 선조들이 조직하고 사람들을 가두었던 국가와 하나도 다르지 않아. 국가를 위한다는 명목으로, 방전시킨다는 이유로 파괴하고 침략하기를 일삼았잖아? 지금 '사회'가 우리에게 '사회'만이 최고의 가치라고 말하는 것도 똑같아. 사회는 사람들을 지배하는 구조일 뿐이야. 아무에게도 회복되고 있는 자연을 가르쳐주지 않지. 우린 자연이야. 상끄뚜스. 우린 신성해. 이걸 아는 게 시작이야."

나는 어안이 벙벙해서 귀엽고 약해만 보였던 여자 친구 산테를 내려다보았다.

"누가 널 이렇게 만들었지?"

산테는 방긋 웃었다.

"불순세력은 아는 게 많아."

산테가 처음 돔 밖의 세상으로 나를 이끌었을 때 나는 머리가 하얗게 비워질 정도로 가슴이 두근거렸다. 산테는 경비로봇들의 인식장치를 정지시키고 작은 카드를 담장 한켠에 가만히 갖다 대었다. 놀랍게도 한 사람이 빠져나갈 만큼의 통로가 스르르 열렸다. 끝이 없을 듯한 길이 이어져 있었다. 내 심장 소리가 쿵쿵 울려왔다. 나는 산테와 함께 아주 위험한 곳에 내던져진 느낌이었다. 나는 외길만을 따라 걸어왔었다. 정부가 정해준 식사에, 정부가 정해준 일을 하며 그것이 나의 의지인 양 살아왔다. 정말 이 사회를 빠져 나가 새로운 세상을 만날 것인가. 오랫동안 열망해온 일인데도 두려움과 망설임이 발목을 잡아끄는 것 같았다. 나는 비로소 느낄 수 있었다. 나의 의지가 실현되는 것이 얼마나 큰 의미와 책임을 담고 있는지를. 나는 눈을 질끈 감았다 떴다.
통로는 점점 밖을 향해 열려가고 있었다. 터질 것 같이 두근대
는 마음으로 나는 그림책 속의 맑은 하늘과 대지의 온갖 꽃들과
습기를 머금은 바람, 노래하는 새들을 만날 준비를 했다. 산테는
내게 강렬한 빛으로부터 눈을 보호해줄 안경을 씌워주고 말없이
내 손을 꼬옥 쥐었다. 그런데 이상한 일이었다. 어디선가 불쾌
한 냄새가 스멀스멀 밀려오고 있었다. 통로 끝에서 시작되는 대
지는 질척거렸고 발걸음을 내딛을 때마다 썩은 냄새가 올라왔으
며 어디에도 그림 속의 세상은 보이지 않았다. 나는 충격을 받고
말았다. 뭐야. 푼토 선생의 말이 맞는 것인가? 이건 돔 안의 거리
만도 못하잖아, 이게 자연인가? 나는 통로 밖에서 몇 걸음 나가
지도 못하고 후들거리는 다리를 간신히 끌면서 다시 '사회'로 돌
아오고 말았다. 산테는 금방이라도 쓰러질 것 같은 나를 부축했
을 뿐 한 마디의 설명도 없었다. 나는 병을 핑계하고 며칠 동안
경비실로 출근하지 않았다. 실망스러웠고 영원히 희망을 버려야
할 지도 모른다는 사실이 두려웠다. 불순세력도 못되고 사회에
도 속하지 못하는 외톨이로 살아가야 할지도 몰랐다. 산테는 여
전히 나를 내버려두고 있었다. 머리가 혼란스러웠다. 골똘히 생
각했다. 나는 산테를 믿었다. 나의 지각과 선택도

　믿고 싶었다. 그건 단지 한 권의 책을 신뢰하는 것과는 달랐
다. 가짜 책은 그렇게 진실한 파동을 줄 수 없었다. 빛과 그림자
를 생각했다. 그러나 내게 자연이라는 환상이 너무 컸으므로 나

상꼬뚜스 | 조환필　**97**

는 빛나는 세상을 얻기 위해 안아야 할 어두운 그림자를 받아들일 여유가 없었다. 강제근무령을 받고 나서야 나는 간신히 경비실로 갈 수가 있었다. 그리고 산테가 열었던 강철 벽 쪽으로는 눈길조차 주지 않았다. 열심히 경비로봇을 점검하고 모니터를 보며 일에 전념했다. 마음이 편안했다. 헛된 꿈을 꾸지 않으면 이 사회에서 나는 성공할 수도 있다. 머지않아 경비실에서 가장 높은 자리에 승진할 수도 있고 정부 요원이 될 수 있을지도 모른다.

그런데도 여전히 외로웠다. 산테는 똑같은 다정함으로 나를 대해주었지만 산테가 내게 해주고 싶은 말을 참고 있다고 생각되었고 그러나 그 말을 듣는 것이 두려워 나는 산테와 진지한 시간을 갖지 않으려고 노력했다. 근무가 끝나고 나는 발끝을 보며 표정 없이 걷는 나를 보았다. 건물 유리에 내가 비추어졌다.

'저 사람이 나인가. 나는 누구지? 나는 왜 이곳에 있지? 벽을 지키려고?'

나는 다시 미아가 되었던 것이다. 얼마나 걸었을까. 내가 멈춘 곳은 산테의 카드가 닿았던, 아마 여기쯤이라고 생각되는 지점의 강철 벽 앞이었다.

긴급 소집을 알리는 벨이 울린 것은 바로 그때였다. 로봇들은 삐이삐이 경고음을 내며 360도 회전을 하기 시작했고 나는 급히 경비 신분 카드를 꺼내 목에 걸었다. 무슨 일이 생긴 것이 분명했다. 나는 그것이 나와 무관하지 않다는 예감에 몸을 떨었다.

쿵광대는 심장 때문에 다리가 부들부들 떨렸다. 자주 수업에 불참하는 나에 대해 푼토 선생의 눈초리가 예리해졌을 것 같고 산테와 함께 통로를 빠져나간 일을 들켰을지도 모른다는 불안감이 엄습했다. 그러나 무엇보다도 나를 애타게 하는 건 산테였다. 산테는 안전한가. 나는 산테가 내 자신보다 소중하다는 것을 깨달았다. 산테도 그럴 것이라는 생각이 시야를 뿌옇게 흐렸다. 아, 나는 회색인간이 아니었다. 어디 있는지도 모르는 산테를 향해 자리를 박차는 순간 산테는 재빠르게 다가와 있었다. 나는 마치 산테와 약속이라도 되어 있는 것처럼 강철 벽을 향해 몸을 돌렸다. 경비로봇들의 인식 장치가 정지되고 다시 스르르 열리는 통로 속으로 우리는 몸을 숨겼다. 놀랍게도 통로 안으로 들어서자마자 우리를 맞는 건 경비실의 루스 실장이었다. 그는 눈을 찡긋했다. 그가 앞서고 산테와 나는 손을 꼭 잡은 채 뒤따랐다. 통로에 맺혔던 차가운 물방울이 얼굴 위로 뚝뚝 떨어졌다. 처음이었다. 어딘가에 맺혔던 물방울을 준비 없이 맞아본 것은. 나는 불안하지 않았다. 마치 태초의 어머니들이 가졌던 따스하고 포근한 자궁 속으로 편안히 빠져 들어가는 느낌이었다. 질척이는 진흙을 건너 걸어야 할 위험하고 먼 길이 두렵지도 않았다. 나는 막 껍질을 벗고 나오려는 史의 100쪽 그림, 생물의 변태를 떠올렸다. 느껴지지 않을 정도로 미미한 움직임을 시간은 기다려주었고 그 안에서 새로운 생물이 고개를 내밀었다. 그것은 천천히 머리부터 몸을 빼냈다. 껍질 속에서 빠져나온 생물은 등에 달려

있는 얇은 날개를 폈다. 미풍이 살랑살랑 불어와 아름다운 그의 날개를 말려주었다. 그것은 껍질을 남겨두고 미련 없이 비상했다. 나는 나와 산테가 바로 그 아름다운 날개를 이제 막 폈다고 생각했다.

터널

백철훈 | 중3

"뉴스 속보입니다. 오늘 강원도 속초 부근 철도 터널에서 네 번째 탈선 사고가 일어나 기차에 승차해 있던 200여 명 중 180여 명이 사망하는 등 참사가……."

'네 번째 탈선이라.'

벌써 네 번째 탈선 사고다. 그것도 강원 지역에서만 발생한 사고다. 아직 앞선 탈선 사고도 원인조차 알 수 없는 참에 또 탈선 사고가 일어났다.

"이 형사, 또 탈선이구만. 그렇잖아도 정신없을 텐데 골머리 썩겠구만?"

"네."

어깨에 힘이 빠지는 것을 느꼈지만 어찌되었건 현장에는 가 봐야 한다. 운전석에 앉아서도 한참을 시동을 켜지 못했다. 사고도 사고지만 연쇄 탈선 사고의 알 수 없는 원인이 머리를 짓눌러 왔다. 시동을 걸고 천천히 차를 몰았다. 한숨이 절로 나왔다. 속 초까지 가는 길이 뿌연 안개 속에서 드문드문 끊길 듯 끊길 듯 이어졌다.

'벌써 네 번째다. 그런데 도무지 원인을 모르겠으니……'

사건 지역은 한 차례 거대한 해일이 휩쓸고 지나간 것처럼 황량했다.

"반장님!"

"오! 이 형사 이리로 좀 와 보게나."

역시나 지금까지의 탈선 사고와 별다른 게 없다. 똑같은 탈선 방향, 참 수상한 점이 많다. 좀 더 조사를 해보아야 하겠지만 지금까지의 사고와 마찬가지로 별 다른 게 없을 것이다. 모든 게 동일하다.

"철도청에는 연락 하셨습니까?"

"연락은 됐는데, 그쪽 말로는 철로에는 이상이 없다고 하는데."

'그럼, 도대체 왜 탈선한 거야?'

머리를 쥐어짜도 똑 부러지게 드러나는 원인이 없다.

'네 번째, 네 번째야.'

누군가가 신호를 조작했거나 기기에 훼손을 가했을지도 모르겠다고 생각되어서 여러 가지를 조사했지만 특별한 것을 발견할 수는 없었다.

"이 형사님!"

"어? 왜 그러나?"

"이상한 발자국을 발견했습니다!"

'발자국이 35cm?'

"이건 그냥 야생동물 발자국 같은데?"

'사람 발자국이 저렇게 생길 리가 없지.'

"이 형사님. 승객 조회를 해보니까 승객 중 두 명을 찾을 수 없습니다."

"기차 사이에 깔려 있거나 사고 때문에 어딘가로 튕겨나갔겠지. 제대로 한 번 다시 찾아봐."

머리가 지끈지끈 아파오고 뼈마디가 저려 왔다. 외부에서 가해지는 고통의 무게도 내부의 그것에 비해 결코 가볍지 않은 법이다. 부득이 인근 경찰서의 수사본부로 향했다.

"응? 2007 미스터리 신간 잡지? 호수의 괴물, UFO, 심령 사진 뭐 다 거짓말 같은 것들 뿐이군."

커피를 마시며 응접 테이블 위의 잡지를 뒤적이던 현지 경찰관이 심드렁하게 말하고는 밖으로 나갔다. 던져진 잡지의 조잡한 표지로 눈이 갔다.

'대한민국 강원도에 괴물 나타나다?'

누군가 사무실로 들어왔다.

"이 형사님 뭐하십니까?"

"아, 아무 것도 아니야."

"그 미스터리 잡지요? 그거 다 헛소문일 거에요, 세상에 그런 게 어딨다고. 여기 보고서 제출하고 갑니다!"

"아참, 탈선 사고 보고서 말입니다. 반장님께서 내일까지 작성해서 제출하라고 하시는데요."

"응, 알았다고 전해드려."

"네!"

'강원도 괴물이라. 쓸데없는 루머겠지.'

그때 휴대전화의 벨이 요란하게 울렸다.

"네! 이민우 형사입니다!"

"이 형사! 난데 그 시신 두 구 찾았어!"

"어디서요?"

"아, 일단 현장으로 와 봐. 일단 와서 자세하게 조사할 필요가 있을 거야."

반장이었다. 사라진 두 구의 시신이 발견되었다. 몸은 여전히 무거웠지만 어쩌면 새로운 단서가 발견되었을 수도 있기에 신속하게 현장으로 달려갔다.

"반장님!"

"아, 어서와."

"그 시신은요?"

"그 시신들 말이야. 나머지 시신과는 달리 심하게 훼손되어 있었단 말이야, 그게 참 이상하단 말이야."

"어디 있었는데요?"

"사건 지역에서 한 팔십 미터 쯤?"

나는 그 지역으로 갔다.

"피가 심하게 흩어져 있네요."

"내가 김 형사하고 더 조사하고 있을 테니까 일찍 돌아가서 오늘은 좀 쉬라고."

현장에서 멀리 떨어진 곳에서 발견된 시신의 상태가 자꾸 머리에 어른거렸다. 탈선 사고로 인한 사망이 아닌 것처럼 흩뿌려진 피. 주위는 암흑 천지처럼 어두웠고 활활 타오르는 불길처럼 붉은 눈동자가 어둠과 피 사이를 날아다니고 있었다. 멀리서 가까이서 어지럽게 날아다니는 눈동자들. 갑자기 뜨거운 불길에 덴 것처럼 온몸에 물집이 부풀어 올랐다. 몸 곳곳에서 물집이 터지자 화면 전체가 핏빛으로 물들었다. 깜짝 놀라 눈을 떴다. 창밖은 벌써 한참 밝았다. 침대는 온통 땀으로 젖어 있었다. 머리를 쓸어 넘기고 한숨을 내쉬는데 전화벨이 울렸다.

"띠리리리리리리!"

나는 흠칫 놀라 용수처럼 튀어 전화를 받았다.

"김 형사, 빨리 서로 들어 외."

텔레비전이 밤새 켜져 있었던 모양이다.

"오늘 새벽 세 시에 경찰 세 명이 지금까지 네 차례에 걸쳐 탈선 사고가 일어났던 강원도 속초의 한 터널 부근에서 야생동물의 습격을 받은 것처럼 보이는 시신으로 발견되었습니다. 세 명모두 동물의 이빨 자국과 유사한 흔적이 발견되었고 몸이 심하게 훼손된 것으로 보아 야생 동물의 습격이 원인인 것으로 보인다고 경찰은 밝혔습니다. 또한 시신 주위에 떨어진 권총 두 정에서는 각각 실탄 두 발과 한 발이 발사된 것으로 밝혀졌습니다.

경찰당국은 정확한 사인을 규명하기 위해 수사에 나섰습니다. 다음 소식은……."

'뭐, 뭐지? 설마 반장님이?'

경찰서는 완전히 쑥대밭이었다. 몰려든 기자와 분주한 경찰들로 소란스러웠지만 그 소음이 하나도 들리지 않았다.

"과장님!"

"이 형사! 소식 들었나? 전 반장이……."

서둘러 사건 현장으로 갔다.

"반장님 시신은 어디 있나?"

"이 형사님, 시신들의 일부만……. 지금 국과수로 이송 중입니다."

"시신의 훼손 정도는?"

"그만! 됐다."

"엄청나게 심하게 훼손되었습니다. 형체도 알아보지 못할 정도로."

"……."

나는 더 이상 무슨 말을 어떻게 이어야 할지 몰랐다.

"이 형사님! 반장님의 안 호주머니에서 쪽지가 나왔습니다."

"어디?"

'아주 흥미로운 단서 발견.'

나머지 부분은 찢겨나가서 더 이상 알아볼 수 없었다. 찢겨나간 부분의 모양으로 보아 동물의 이빨 자국이 분명했다.

"나머지는?"

"아직 찾지 못했습니다."

한 경관이 나에게 다가와 말했다.

"이 형사님! 이 사건 총지휘를 이 형사님께서 맡으라는 상부의 명령입니다!"

"알았다."

"현재의 병력 전체를 3명 1조로 편성해, 주변 1킬로미터 이내를 샅샅이 수색하도록. 모두 호신용 실탄을 장전하고 특히 안전에 주의하도록. 즉시 수색하라!"

한나절에 걸쳐 수색을 마쳤지만 특별한 상황 보고는 들어오지 않았다. 마무리 정리를 위해 인원점검을 할 때였다.

"이 형사님, D조 세 명이 보이질 않습니다!"

"뭐야? 다시 수색해!"

초조했다. 이를 잡듯 한 수색에서 아무것도 건져내지 못했는데, 오히려 수색대원이 사라지다니. 날은 점점 저물고 하늘에 창백한 달이 떴다. 풀벌레 소리도 점점 커지고 철로 부근은 적막한 어둠이 가득 차오르고 있었다.

"이 형사님, D조 대원 세 명 모두 죽은 채로 발견되었습니다. 실탄이 두세 발씩 발사된 상태였습니다!"

'아, 대체 무슨 일인가, 하느님.'

경찰서 정문은 몰려든 기자들로 북새통이었다.

"원인은 조사되었습니까?"

"연쇄 사고와는 어떤 관련이 있습니까?"

"사람 죽은 게 흥밋거리야!"

나는 순간 몰려드는 기자들을 향해 소리를 지르고 말았다. 사흘이 흘렀다. 현장 수색은 계속되었지만 사건 해결에 도움이 될 만한 단서는 발견되지 않았다.

콰르르릉! 쏴아ー.

"으응?"

창밖에는 먹구름이 잔뜩 몰려와 후끈거리는 날씨를 잠재우고 섬광을 동반한 번개가 으르렁거렸다.

'엄청 퍼붓는구만. 꼭 무슨 일이 일어날 것만 같은데….'

"이번 장마는 3일 내내 계속될 것으로 보입니다. 지역에 따라서는 100mm 이상의 폭우가 내릴 것으로 예상되니 국민 여러분들의 각별한 주의가 필요합니다. 오늘의 날씨였습니다."

나는 우산을 들고 밖으로 나왔다. 시계를 보았다. 오후 다섯 시. 자동차에 시동을 걸어 현장으로 향했다.

"이 형사님."

"수색은?"

"오늘 수색은 마친 상태지만……."

"철수해야겠다."

"예?"

"철수하자. 내가! 책임지겠다! 잘못되면 내가 옷 벗으면 되잖아!"

날이 저물었다. 비는 더욱 처량하게 쏟아지고 있었다.

"출발해!"

"이 형사님은요?"

"난 더 있다가 갈 테니까."

터널 쪽으로 걸음을 옮겼다. 깊은 어둠이 터널을 에워싸고 있었다. 손전등을 꺼내 터널 안을 살펴보았다. 쏟아지는 빗소리와 터널 안에 울려 퍼지는 발자국 소리가 터널을 에워싼 어둠을 깨우고 있었다.

쾅르르릉. 다시 번개가 쳤다.

"끄르르릉."

이번에는 번개 소리가 아니었다. 나 말고 무언가가 이 터널 안에 있는 느낌이었다.

"뭐, 뭐야!"

스스슥!

"이 형사님!"

사람의 기척을 느끼고서야 안도할 수 있었다.

"휴. 누구냐?"

"저, 박 순경입니다. 응? 으악!"

손전등으로 박 순경 쪽을 살피려는 찰라 그 엄청나게 소름끼치는 소리가 박 순경의 비명 소리가 들렸다. 나는 박 순경 쪽으로 재빨리 뛰어갔다. 그러나 박 순경은 사라지고 붉은 핏자국만 흩어져 있을 뿐 터널 입구에는 어둠과 빗소리밖에 없었다.

"어젯밤 속초 인근의 터널에서 다시 시신이 발견되었습니다. 원인이 밝혀지지 않은 연쇄 사건으로 지역 주민은 공포에 떨고 있습니다. 경찰은 수사 중이라는 발표만 되풀이하고 있을 뿐 결과물을 보여주지 못하고 있습니다. 다음 소식은……."

'결코 터지고 말았군.'

정신없이 터널 일대를 돌아다니며 박 순경을 찾았지만 어디서도 박 순경을 찾을 수 없었다. 날이 밝고서야 박 순경의 시신이 터널 안에서 발견된 것이다. 터널 안에는 분명 무언가 있었다. 기묘한 소리를 내며 다가오던 정체불명의 물체는 무엇이었을까. 소스라칠 정도로 섬칫한 그 기운은 무엇이었을까. 그놈은 대체 왜 박 순경의 시신을 다시 터널에 옮겨둔 것일까.

'대체, 넌 누구냐. 도대체 정체가 뭐냔 말이다.'

머리를 쥐어뜯고 있을 때 화난 듯한 목소리로 누군가 나를 불렀다.

"이민우! 이민우 형사!"

"예! 과장님."

"이봐! 일을 어떻게 처리하는 건가? 시말서 써! 당장!"

과장은 내 수사 방식이 못마땅했는지 나를 윽박질렀다.

"반장님! 터널 안에 뭔가 있습니다. 괴생물체와 같은 어떤 존재가 터널 안에 분명히 있습니다."

과장은 혀를 차며 안쓰러운 표정으로 나를 바라보았다. 지나가는 사람들은 나를 비웃고 있었다. 사고 현장의 사진과 보고서를 뒤적이며 과장은 내게 대꾸도 하지 않았다. 터널 안의 존재는 나를 바보로 만들고 있었다. 그럴수록 나는 점점 더 터널 안의 그 괴물체에 대해 집착하고 있었다.

"쯧쯧. 젊어서 저런 꼴이 되다니."

주변 사람들의 무관심과 비웃음은 내 오기를 더욱 자극했다. 아니 그건 오기가 아니었다. 그 날 터널 안에는 분명 나와 박 순경 이외의 다른 존재가 있었다. 그 비린 숨소리, 그 오싹한 느낌을 잊을 수가 없었다.

'경찰을 때려치우더라도 끝장은 봐야지.'

"이번 장마는 다음 주까지 계속될 것으로 보입니다. 오늘 아침 서울 지방 최저기온은……."

장맛비는 의혹을 모두 지워버릴 것처럼 내리고 있었다. 저 빗물에 의혹이 다 씻겨 내려가도록 할 수는 없는 일이었다. 하지만 며칠 동안 터널 안과 터널 인근을 뒤져도 지금까지 발견된 흔적 외에는 아무것도 나오지 않았다. 거리를 돌아다니는 버려진 강아지처럼 왜소해진 나는 빗속을 헤치며 산을 수색하고 다녔다. 희뿌연 물안개 앞에 나의 모습은 점점 더 작아지고 있었다.

밤이 깊었다. 빗줄기는 더욱 굵어지고 있었다. 이번이 마지막이라는 심정으로 나는 사건 지역으로 갔다. 역시나 똑같은 모습이다.

'터널. 널 꼭 기억해두겠다. 저승에서도 말이지.'

천천히 터널 입구 쪽으로 다가갔다. 터널 안으로 들어서면 언제 끝날지도 모르는 장마와 어둠, 고요를 깨트리는 발자국 소리만이 나를 맞이해 주었다. 손전등을 켜고 주위를 살피며 조금씩 터널 안쪽으로 걸음을 옮길 때였다.

띠리링. 띠리링.

"과장님!"

"지금 어디 있나?"

"터널을 수색 중입니다."

"왜?"

"꼭 밝혀야 할 것이 있습니다."

"무슨 뚱딴지같은 소리야, 빨리 사무실로 돌아와!"

과장의 호통을 뒤로 하고 나는 터널 곳곳을 손전등으로 비추며 조용히 권총을 꺼내 들었다. 권총에는 실탄이 장전되어 있었다.

끄르르릉−

그 때 어떤 소리가 들렸다. 천둥소리가 아니었다.

끄르르릉−

다시 들려왔다. 내 심장소리는 점점 거칠어졌고 터널 안은 발자국 소리와 내 심장소리가 메아리처럼 울릴 뿐이었다.

끄르르릉−

탕−

"어젯밤 연쇄 탈선 사고 현장에서 사건 수사를 담당하던 경찰이 시신이 된 채로 발견되었습니다. 이 사건으로 경찰 당국이 바짝 긴장하고 있습니다. 목격자의 증언입니다. '아주 끔찍했습니다, 어떻게 사람이 그렇게 될 줄이야.' 경찰 당국의 조속하고 정확한 수사를 촉구합니다. 다음 소식입니다……."

장마는 여전히 계속되고 있었다. 터널은 여전히 조용했다. 빗소리가 터널 가득 울려퍼지고 있었다. 터널 입구 철로 밑에서 비에 젖은 메모지가 나풀거리고 있었다. 물에 번진 글자가 힘겹게 어둠을 받아내고 있었다.

'괴생물체 발견. 온몸이 갑옷과 같은 피부로 덮여 있음. 사람의 지능을 뛰어넘는 지능을 가진 것으로 보임. 순간 이동이 가능할 정도로 민첩함. 특수부대 투입 요망.'

메모지 옆에 떨어진 휴대전화는 빗줄기 속에서도 계속 깜박이고 있었다. 장마는 그칠 기미가 보이지 않았다.

K 목사의 하루

김남희 | 중2

K 목사는 여느 때와 같이 새벽 다섯 시에 일어났다. 어젯밤 부부싸움을 하던 아내는 화가 덜 풀렸는지 아직도 안방으로 돌아오지 않았다.

목사는 눈을 비비며 욕실로 향했다. 아내의 걱정은 하나도 하지 않고 이를 닦았다. 그는 그 누구보다도 아내의 성격에 대해 잘 알고 있었다. 아무리 그녀가 화를 내어 보았자 오늘 저녁 예배 때까지는 말끔해질 거라는 것을. 그녀는 이혼하니 어쩌니 떠들기만 하고 결국에는 언제 그랬냐는 듯 입을 싹 다문다. 그녀는 목사 사모라는 자신의 직책을 사랑했다. 처음에 조그만 교회 목사인 K와 결혼한 이유도 그것 때문이었다. 조그만 교회 목사라잖아, 수입도 적을 테고, 어쩔까? 하고 고민했었다. 그러나 목사 사모라는 사회적 지위가 탐났던 그녀는 K와 결혼했다. 아들을 낳고 얼마 지나지 않아 K의 교회가 급성장해 가자, 돈과 명예를 한꺼번에 손에 쥔 그녀가 뛸 듯 기뻐했다는 것은 보지 않아도 뻔한 사실이었다.

하지만 그녀는 그 사회적 지위 때문에 곤욕을 치르기도 했다. 어젯밤만 해도 그랬다. 아내와 그는 죽자 살자 싸웠다. 별 것 아닌 이유였다. 하지만 정말 결혼한 이후로 가장 크게 싸웠다. 두어 번 소리가 높아지고, 집안의 도자기가 깨졌다. 간신히 진정이 되었나 싶더니 아내가 울기 시작했다. 그때였다. 초인종이 울리고, 아내는 황급히 눈물을 훔쳤다. 누구세요, 하면서 달려 나갔다. K는 급히 도자기 조각을 치웠다. 아내와 마찬가지로 얼굴이 눈물로 범벅이 된 여자가 서 있었다. K의 교회에 다니는 독실한 여신도로, A장로의 아내였다. 그녀는, 남편 때문에 못 살겠어요, 하고 울음을 터뜨렸다. 그녀는 아내의 품에 안겨 엉엉 울었다. 아내는 언제 그랬냐는 듯 시치미를 뚝 떼고 그녀를 달랬다. 입가에, 흡사 성모 마리아 같은 잔잔한 미소까지 띄면서. 걱정 마세요, 자애로우신 주님께서 자매님을 도와주실 거예요. 아멘. 그렇게 여자를 달래 집으로 보낸 뒤의 표정은 싸늘히 굳어 있었다. 더 이상 싸울 맛도 떨어졌다는 듯, 초등학교 사 학년인 아들 이삭의 방으로 휑하게 사라지는 것이다. K도 기분이 불쾌하기는 마찬가지라서 그 날은 그대로 잠을 청했다.

속 좁은 여자 같으니라고. K는 투덜거리면서 욕실에서 나왔다. 냉장고에 든 차가운 식빵을 전자레인지에 넣었다. 위이이잉, 소리를 들으며 냉장고에서 과일 잼을 꺼냈다. 딩동댕, 하면서 전자레인지가 작동을 멈추었다. K는 식빵을 꺼냈다. 따뜻해진 식빵에 치덕치덕 잼을 발라 입 속에 넣었다. 맛이 없었다.

K는 대예배를 마치고 나오자 다시 기분이 나빠졌다. 헌금이 지난 주에 비해 현저히 줄었던 것이다. 십일조도 사순절 헌금도 성전 건축 헌금도, 아무래도 안 되겠다고 생각하며, K는 오후 예배 때 십일조에 대한 설교를 해야겠다고 결심했다. 그러다 행복한 상상에 휩싸였다. 새 교회에 대한 일이었다. 훨씬 넓게 지어야지. 지금 건물은 너무 작아. 훨씬 크고 으리으리하게. 그러면 신자들도 훨씬 많이 오겠지. 그리고 헌금도……. K의 눈이 탐욕으로 빛났다. 그의 눈 안에는 새 교회에 대한 꿈이 아른거리고 있었다. 거대하고 장엄한 은빛 유선형의 둥근 건물 앞으로 신자들이 줄지어 걸어오는 환상이 아른거렸다.

그 꿈을 깬 것은 같은 교회의 A장로였다. 어젯밤 K의 집을 찾아온 여자의 남편이기도 했다. 그는 멋쩍게 말했다.

"어젯밤 집사람이 폐를 끼쳤더군요."

K는 고개를 흔들었다.

"어이구, 아닙니다. 오히려 그런 일에 저희를 필요로 해 주셔서 얼마나 감사했는데요."

장로는 허허 웃었다.

"덕분에 집사람과 화해했습니다. 감사합니다."

K는 빙긋 웃으면서 다시 고개를 끄덕였다. 그 때문에 정작 자신은 아내와 화해하지도 못했으면서 말이다.

"모두가 주님의 은총이지요."

"맞습니다, 아멘."

K의 말에 동조한 A는 그럼 이만, 하고 총총히 사라졌다.

K는 그대로 교회 밖으로 나가려다, 아차, 하고 헌금함 앞으로 돌아왔다. 그의 손이 헌금함 속으로 쓰윽 들어갔다. 초록빛의 지폐 몇 장이 그의 손을 타고 소매 속으로 흘러들어갔다. K는 시치미를 뚝 떼고 손을 뺐다. 소매에서 지폐 몇 장을 슬쩍 꺼내 바지 주머니에 밀어 넣었다. 그리고는 종종걸음으로 교회를 나섰다.

K는 교회 옆에 붙어 있는 자신의 사택으로 향했다. 사십 평의 단독주택은 정갈하게 꾸며진 보통의 집과 다를 바가 없었다. 아니, 집 안 곳곳에 성경 구절의 현판이나 성물이 걸려 있는 것을 제외하고는.

K는 가장 작은 방인 아들의 방을 열어 보았다. 아들은 제 방에서 컴퓨터 게임을 하다 반색했다. 아빠! 하면서 뛰어드는 아들을 번쩍 들어 올려주었다. 아들은 까르르 웃었다.

아내가 문을 열고 고래를 들이밀었다.

"당신 왔어요?" 아내의 목소리는 푸석하게 갈라져 있었다. 그 목소리를 듣자 K도 그녀가 안쓰러워지며 미안한 마음이 들었다. 몇 시간 전 속 좁은 여자라고 욕했던 일은 까맣게 잊었다.

아내는 부기가 덜 빠진 눈을 비비며 말했다.

"점심해 줄 테니까 부엌으로 와요."

K는 고개를 끄덕이고 부엌으로 향했다. 아내는 그 뒤를 종종

거리며 따라가 냉장고를 열었다. 그녀는 밑반찬 몇 가지를 꺼내 식탁 앞에 앉은 K의 앞에 놓아 주며 물었다.

"오늘도 또 어디 집회 같은 데 나가 봐야 돼요?"

K는 긍정의 의미로 고개를 끄덕였다. 아내는 계속해서 물었다.

"오늘은 또 뭐예요?"

짜증이 조금 섞여 있긴 했지만, 그래도 많이 차분해진 목소리였다. K는 아내가 주는 밥그릇을 받아들며 대답했다.

"저어기, J 목사랑 T 전도사랑 하는 거 있잖아."

"아, 그거요?"

아내는 고개를 끄덕이고는 시선을 돌려, 부엌에서도 잘 보이는 벽을 흘끗 쳐다보았다. 그곳에는 중·고등학교 일인용 책상의 절반 정도 되는 크기의 감사장이 자랑스레 걸려 있었다. 얼마 전 J목사와 함께 친미 시위를 주동했을 때 받은 것이었다. 주한 미국 대사 애덤스는 J와 K에 대한 온갖 찬사를 늘어놓았었다. 반미 감정이 치솟아 가는 이때 아직도 친미 시위를 하는 사람이 있다니 자랑스럽다, 미국의 영광이다, 한국의 모든 교회들에 무한한 신의 축복이 내리기를, 하면서. 그때 받은 감사장은 J와 K의 집 거실에 고이 걸려 있다. 두 집 모두 가보라도 된 양 간직하는 것이다.

국을 데워 가져오던 아내가 물었다.

"오후 예배 다음에는 또 나가 봐야 할 데 있어요?"

멍하니 밥을 퍼먹던 K는 그녀에게 시선을 돌렸다. 우물거리며 밥 한 술을 삼키고 나서 대답했다.

"아, 또 집회."

아내의 눈썹이 치켜 올라갔다. 아이펜슬로 그린 거의 다 지워진 눈썹이 치켜 올라간 것을 본 K는 욕지기가 절로 올라오는 것을 느꼈다. 아내도 이제는 서른 후반의 여자다. 젊음이 퇴색될 시기이다. K는 슬슬 아내에게 진력이 나고 있었다. 별 것 아닌 것으로 싸운 어제가 그것을 증명해 주고 있었다.

아내가 잔뜩 쉰 목소리로 물었다.

"또 누구랑요?"

"누구긴 누구야, J 목사지."

K의 퉁명스런 대답에 잠시 침묵하던 아내는 말을 꺼냈다.

"오늘은 일찍 돌아와요. 이삭이가 아빠랑 놀고 싶다고 난리예요. 오늘도 아빠 언제 오느냐고 얼마나 묻던지."

K는 눈살을 찌푸렸다.

"사내자식이 애비 옷자락에 매달려 뭐하자는 거야. 제 또래 친구들과 어울려 놀 생각은 않고."

아내는 K를 빤히 쳐다보았다. 왠지 추궁하는 듯한 그 눈빛에 K는 얼버무리듯 덧붙였다.

"어…… 그러니까, 친구도 없는 녀석처럼 그게 뭐냐는 말이지, 내 말은."

아내가 가져온 국을 대충 마시고는 허둥지둥 일어나 이삭의 방으로 향했다. 이삭의 방에서는 기계음이 연신 들려왔다. 딸깍

대는 마우스 클릭 소리와 타닥타닥 하는 키보드 소리도. K는 노크를 하고 이삭의 방으로 들어갔다. 고개를 돌려 제 아버지를 본 이삭의 표정이 밝아졌다. 이삭은 하던 컴퓨터 게임도 그만두고 일어서서 아버지를 빤히 쳐다보았다.

"아빠, 오늘 오후 예배 안 나가?"

K는 빙긋이 웃어 보였다.

"물론 나가야지. 하지만 그 전에 이삭이 얼굴 한 번 보고 가려고."

이삭의 어깨가 조금 처졌다. K는 그런 아들이 조금 안쓰러웠다. 아까 못마땅하다는 듯 말하기는 했으나, 막상 외동아들을 대하고 보니 마음이 달라진 것이다. K는 이삭을 꼭 끌어안고 조용조용히, 그러나 힘 있게 말했다.

"아빠 없다고 괜히 엄마 괴롭히지 말고 어디 나가서 친구들이랑 놀아. 집 안에서만 징징대고 있으면 못 쓰는 거다."

아들은 아랫입술을 댓 발 내밀었다.

"하지만 온라인 게임에서 다 만나서 노는 걸."

K는 쓴 웃음을 짓고는 아들을 풀어 주었다. 그리고는 곧장 아들의 방을 나왔다.

시위 장소인 시청 앞에는 이미 군중들이 인산인해를 이루고 있었다. J목사와 K의 교회 신도들이었다. K는 마음 속 깊이부터 흐뭇해졌다 J목사가 시위대의 맨 앞에서 K를 불렀다. K는 그 부름에 답해 맨 앞으로 나섰다. 시끌시끌하던 시위대는 K와 J가 모두 왔다는 것을 깨달았는지 곧 조용해졌다. K는 미리 준비했던 스피커에 연결된 마이크를 들었다.

"여러분! 형제자매님들!"

소리가 와랑와랑 울려 퍼졌다.

"우리는 모두 이곳에 한데 모였습니다. 왜 모였습니까? 네, 우리에게 도움을 준 미국에게 감사의 표시를 하기 위해서, 그리고 맥아더 장군 동상 철거 건이 다시 한 번 제기된 것을 철회시키기 위해서입니다."

K는 침을 꿀꺽 삼키고는 말을 이었다.

"그럼 먼저, 우리는 왜 미국을 도와야만 하고 미국과 친하게 지내야만 하는지에 대해 말씀드리겠습니다. 왜 미국과 우리는 친하게 지내야만 합니까? 예, 육이오 전쟁 때 미국이 우리나라를 많이 도와주었습니다. 하지만 그것 때문이 아닙니다. 뭐냐구요? 미국은 이스라엘을 제외하면 전 세계에서 크리스천이 가장 많은 국가예요. 우리하고 똑같은 종교를 믿고 있다구요. 다 축복받은 주님의 자손들이고 우리의 형제입니다. 왜 미국이 전쟁만 하면 계속 이기는 줄 아십니까? 그게 다 하나님 믿어서예요. 미국은 축복받은 나라이고 우리의 형제입니다."

K는 잠시 혀를 내밀어 입술을 축였다.

"오히려 우리는 북한보다도 미국하고 더 친하게 지내야 합니다. 왜냐구요? 북한은 공산주의 국가입니다. 빨갱이 나라라구요. 김일성이랑 김정일이 신이에요. 하나님도 예수님도 믿으면 안 돼요. 오늘날 북한이 그렇게 못 사는 이유는 하나님 안 믿어서예요. 크리스천들을 핍박해서구요. 우리의 형제를 핍박하는데 같이 잘 지내서야 되겠습니까?"

분위기가 흉흉해졌다. K는 분위기를 전환시키기 위해 다시 입을 열었다.

"맥아더 장군은 미국의 대원수였습니다. 육이오 전쟁 때 군대를 총지휘해서 인천상륙작전 성공한 사람이 누군지 아시죠? 맥아더 장군이에요. 그런데 그런 사람 동상을, 그런 위인 동상을 철거해야 하겠습니까? 여러분, 이건 가당치도 않아요!"

'옳소!'하는 소리가 여기저기서 비집고 나왔다. K가 슬쩍 마이크를 놓음과 동시에 시위대는 성조기와 태극기를 각각 한 손에 들었다. 그리고는 일제히 외치기 시작했다.

"친미 반공! 공산당은 물러가라! 맥아더 장군 동상 철거 철회하라!"

"동상 철거 철회하라!"

K와 J도 고래고래 고함을 질러댔다.

그런데 그 순간, K는 주머니 앞섶에서 미미한 진동을 느꼈다. 성조기와 태극기를 한 손에 모아 쥐고, 주머니에 손을 넣었다. 핸드폰이 그의 손에 잡혔다. K는 조심스레 핸드폰을 꺼내 폴더를 열고 전화를 받았다.

"나야."

젊은 여자의 밝은 목소리였다. K의 목소리도 덩달아 밝아졌다.

"응."

"언제 올 거야?"

여자는 투정부리듯 물었다. K는 머뭇거리다 대답했다.

"조금만 기다려. 바로 갈게."

"응. 시위 중인가 보네. 나 끊는다."

K는 응, 하고 대답하고는 폴더를 닫았다. 그리고 군중들 틈에 섞여 다시 고함을 지르기 시작했다.

시위는 흐지부지 끝났다. 중간에 유혈 사태가 일어나는 바람에 전경들이 출동한 것이었다. K와 J는 허둥지둥 차에 올랐다. K는 재빨리 시동을 걸고 액셀러레이터를 밟아 현장에서 달아났다.

집으로 돌아가려던 그는 멈칫했다. 그는 핸들을 꺾어 집으로 가는 길에서 벗어났다. 이삭의 처진 어깨가 생각이 나서 미안해졌지만 그는 입술을 꾹 깨물었다. 사거리에서 좌회전한 뒤 한 블록을 더 가서 유턴했다. 다음에는 우회전을 해 시내를 빠져나왔다. K는 규정 속도에서 아슬아슬한 정도로 달려서 조그만 아파트 앞에 도착했다. 차를 대강 세우고는 아파트 현관으로 뛰어 들어갔다. 엘리베이터를 탈 시간도 아깝다는 듯이 계단으로 마구 뛰어 올라갔다. 그는 삼 층으로 뛰어 올라가 삼백일 호 현관문 앞에 섰다. 그는 초인종을 눌렀다. 딩동, 딩동.

졸음에 취한 듯한 여자의 목소리가 들려왔다.

"누구세요?"

K는 빙긋이 웃어 보이며 대답했다.

"나야."

"아, 자기?"

문이 열렸다. 헝클어진 머리에 졸음에 겨운 눈을 가지고 하품하는 이십대 후반의 여자가 현관에 서 있었다. 하품을 한 탓에 눈매에 눈물이 맺혔지만, 그녀는 애교 있게 웃어 보였다. K의 정부인 L이었다.

K도 빙긋 웃어 보이며 현관으로 들어섰다. 그는 구두를 벗으며 사과했다.

"미안해. 아내랑 애가 보채는 바람에 자주 오지 못했어."

L은 입술을 삐죽했다.

"뭐야, 이혼한다며."

K는 미안한 표정을 지어 보이며, 구두를 벗고 마루 위로 올라섰다.

"하지만 역시 할 수 없을 것 같아. 내가 이혼한다면 교회는 어떻게 되고 내 명예는 어떡하라고. 내가 이제까지 쌓아올린 게 다 무너지는 거잖아."

"흐응……."

L은 콧소리를 내며 입을 삐죽였다. 하지만 K의 눈에는 그런 모습도 귀엽게 보여 웃어 버렸다. 그는 이미 삼십대 후반으로 접어든 아내와 L을 서로 비교해 보았다. 아내의 피곤한 눈빛과 서서

히 늘어가는 잔주름, 까칠해지는 피부. 반면에, L은 마치 싱싱한 꽃과 같았다. 그녀는 탄력 있는 눈빛과 깨끗하고 부드러운 피부, 푸른 젊음을 가지고 있었다.

K는 양복 상의의 단추를 끄르기 시작했다. L은 그 옆에서 K가 양복을 벗는 것을 도왔다. 진짜 아내처럼, 그녀는 K의 양복 상의를 받아들었다. 그러다 문득 생각난 듯 물었다.

"그건 그렇고, 자기 퍼스트께선 안녕하셔?"

L은 종종 K의 아내를 퍼스트라고 불렀다. 그렇게 부르는 어조에는 이미 남편의 사랑을 잃은 여자에 대한 멸시도 섞여 있었지만 K는 별반 상관하지 않고 넘어가곤 했다.

"뭐어, 이젠 질렸어. 어제도 별 것 아닌 일 가지고 싸웠다구."

K는 나직이 한숨을 쉬며 대답했다. L은 흐응, 하면서 다시 콧소리를 냈다.

"그런데 계속 여기 서 있을 거야? 오랜만에 왔는데 둘째 마누라한테 서비스할 생각도 않고?"

K는 그런 그녀를 보며 웃었다.

"당연히 해 줘야겠지."

그의 굵은 팔이 L의 어깨를 둘렀다. L은 방긋이 웃었다.

순간 위이이잉, 하는 소리가 K의 양복바지 주머니에서 났다. L은 K의 팔을 내리고 조금 뒤로 물러섰다. K는 바지 주머니에서 핸드폰을 꺼냈다. 발신자 번호를 보니 아내였다. 그는 짜증이 났지만 받지 않을 수도 없는 노릇이었다.

"여보세요."

"당신, 어디 있어요?"

아내의 추궁하는 목소리가 쨍하니 났다. K는 인상을 찌푸렸다.

"지금 돌아가는 중이니까 좀 가만히 있어."

거짓말을 하며 L의 눈치를 보았다. L은 부루퉁한 얼굴이 되어 있었다. 아내도 거슬리는 목소리로 내쏘았다.

"가만있게 생겼어요? 시간을 좀 봐요. 오후 예배 거의 시작할 시간이라구요."

K는 L의 집 거실에 붙어 있는 벽시계에 시선을 주었다. 오후 두 시 오십 오 분. 오후 예배는 세 시에 시작한다. 그의 마음이 급해졌다. 알았어, 하고 전화를 탁 끊어 버리고는 L에게 사과했다.

"미안해, 다음에 다시 올게."

그러고는 양복 상의를 받아들고 얼른 걸쳐 입었다. 부루퉁한 L에게 양복바지 주머니에서 꺼낸 푸른색 지폐를 건넸다. L의 표정이 좀 풀리기는 했지만 그래도 여전히 조금 토라진 표정이었다. K는 L에게 미안한 마음을 품으며 그녀의 집을 나왔다.

서둘러 계단을 내려와 급하게 시동을 걸었다. 차가 움직여 도로에 나가자마자 K는 규정 속도를 웃도는 속도로 달리기 시작했다. 그의 숨이 가빠 왔다. 초조해졌다. 그는 차 안의 시계를 흘끗 보았다. 세 시였다. 이미 예배는 시작했다. 그의 입 안이 바짝 말랐다. 다행히도 그는 설교만 하면 되고 설교 시간은 아직 멀었다.

마구 달려서 간신히 교회에 도착했을 때는 세 시 십 분이었다. 예배실로 올라가려고 하는 K를 누군가가 불렀다.

"목사님!"

K는 계단을 오르려다 말고 뒤를 돌아보았다. 제법 멀끔하게 차려입은 사내가 그를 부르고 있었다. K는 자세를 고치고 그를 쳐다보았다.

"아, 예. 안녕하세요."

"안녕하십니까?"

사내는 K의 앞으로 걸어와 싱긋 웃으면서 말했다.

"이 근처 봉사 단체 한누리뫼의 회장입니다."

그는 주머니에서 명함을 꺼내 K에게 내밀었다. K는 그것을 받아 상의 주머니에 넣었다. 사내는 웃으면서 말했다.

"요새 성전 건축 헌금을 걷으신다고 하는데, 잘 되어 가십니까? 아직 공사는 시작되지 않은 것 같은데요."

"아, 네. 하지만 조만간……."

K는 손목에 찬 시계를 흘끗 쳐다보았다. 세 시 십삼 분이다. 그는 조급해졌다. 사내는 그런 K의 속을 모르는 듯 말을 이었다.

"그런데 헌금은 계속해서 모이는 것 같던데, 아직도 공사가 시작되지 않았습니까?"

사내의 입술 양 끝이 묘하게 뒤틀렸다. K는 순간 뜨끔하고 말았다. 정부인 L에게 주는 생활비가 만만치 않았기 때문에, 헌금에서 몰래 떼다 쓰던 터였다. 그러나 그는 시치미를 떼고 둘러댔다. 주님의 계시가 있는 날 공사를 시작하려구요, 하면서. 사내는 조금 미심쩍다는 표정을 지어 보였지만, 그렇습니까, 하고 돌아갔다.

K는 헉헉대며 계단을 뛰어올라갔다. 두 칸씩 오라가기도 하고, 세 칸도 건너뛰었다. 그는 간신히 예배실의 문을 열고 복도를 가로질러 단상으로 뛰어올라갔다. 설교 시간에 아슬아슬했다. 오백여 명의 교인들은 그에게 시선을 집중했다. 꽤 많은 인원이라 평소라면 흐뭇해했을 터였지만, K는 그럴 경황조차 없었다. 발길을 붙잡았던 사내를 원망하면서 숨을 골랐다. 아직도 조금 호흡이 거칠었지만, 입을 열었다.

"안녕하세요. 형제자매님들. 이번 주의 설교 제목은 '어째서 십일조를 내야만 하는가'입니다."

"자, 여러분. 우선 성경 구절부터 낭독합시다. 신명기 십사 장 이십이 절부터 이십삼 절까지입니다."

바스락거리고 팔랑대는 소리가 오백여 권의 성경책에서 일제히 나기 시작했다. K는 손놀림을 빨리 해 해당 페이지를 펼쳤다. 교인들도 그 구절을 다 찾은 듯, 팔랑대는 소리가 멎었다. K는 다시 한 번 숨을 고르고 말했다.

"자, 낭독합시다."

K와 오백여 명의 교인들은 소리 내어 성경 구절을 낭독하기 시작했다.

"너는 마땅히 매년에 토지소산의 십일조를 드릴 것이며, 네 하나님 여호와 앞 곧 여호와께서 그 이름을 두시려고 택하신 곳에서 네 곡식과 포도주와 기름의 십일조를 먹으며 또 네 우양의 처음 난 것을 먹고 네 하나님 경외하기를 항상 배울 것이니라."

K는 숨을 들이쉬고 한 마디를 뱉었다.

"아멘."

교인들은 모두 이구동성으로 합창했다.

"아멘."

K는 흐뭇해했다. 그는 신에 대한 신앙으로 뭉친 오백여 명 교인들을 보며 은근히 기뻐했다. 묵직해질 헌금함을 만져 보고 싶었다.

"자, 여러분. 이 성경 구절이 무엇을 뜻하는지 아십니까?"

K는 호기롭게 물었다. 하지만 대답을 기대한 것이 아니었기에 곧바로 말을 이어나갔다.

"십일조를 하나님께 드려야 한다는 겁니다. 왜 십일조를 하나님께 드려야 하는지 아십니까? 우리가 받는 모든 소득은 하나님께서 주시는 것입니다. 이 모든 것을 주님께서 주시는데, 우리도 주님을 위해 마땅히 십일조를 드려야 하지 않겠습니까? 십일조는 주님이 주신 것의 겨우 십분의 일입니다. 주님이 주신 것을, 우리는 주님께 다시 드림으로써 천국의 창고에 비축해두는 것입니다. 십일조를 안 드리면 어떻게 되는지 아세요? 주님께서는 주신 것을 다시 돌려받지 못하시고 우리는 저주받습니다. 천국에 못 들어가고 지옥 가게 되는 거예요. 제 말에 틀린 것 있습니까?"

K는 목에 핏대를 세우며 외쳤다. 그는 자신의 승리를 예감하며 느긋한 마음으로 교인들을 주욱 둘러보았다. 그런데 별안간 그의 눈썹이 치켜 올라갔다. 조그마한 손 하나가 치켜 올라온 것이다. 교인들 사이를 비집고 나온 조그만 손의 임자는, 이삭 또래의 소년이었었다. 소년은 입술을 꾹 다물고 달싹이다가 그것을 열었다.

"어린이 예배 때는 하나님 나라 돈으로는 못 간다는 노래를 배웠어요. 그런데 십일조를 내야만 천국 간다는 얘기는 결국 하나님 나라는 돈으로 간다는 얘기잖아요."

예상치도 못한 반론에 K는 당황하고 말았다. 입안이 바짝 말랐다. 아이는 불신의 눈초리로 그를 쳐다보았다. 교인들도 동요하고 있었다.

"이거 봐, 이년아!"

여자의 째지는 비명소리와 함께 예배 실 문이 거칠게 열렸다. 머리가 잔뜩 산발한 여자가 자신보다 더 엉망인 지저분한 여자의 머리채를 휘어잡고 끌고 오고 있었다. 잠시 인상을 찌푸리던 K는 두 여자를 알아보고 아연실색하고 말았다. 아내와 L이었다. L의 머리채를 잡고 눈물범벅의 얼굴로 걸어오던 아내는 K를 보자마자 발악했다.

"당신이 어떻게 나한테 이럴 수가 있어!"

K는 입술을 일그러뜨리며 물었다.

"그게 무슨 뜻이야?"

"당신이 이년하고 바람난 거 알고 있어!"

아내는 바락바락 소리를 질러댔다. 교인들은 모두 굳어 버린 듯 행동을 멈추고 그 내외의 모습만을 뚫어지게 쳐다보았다. K는 슬쩍 시선을 피하며 말했다.

"당신, 무슨 소리를 하는 거야?"

"당신이 이 년하고 붙어먹은 거 모를 줄 알아? 누군 눈이 없대, 귀가 없대? 오늘 아침도 수상쩍더니만!"

아내는 L의 머리채를 붙잡고 있던 손을 놓았다. 그러더니 얼굴을 가리고 울부짖듯 악을 써댔다. 아야야야, 하면서 일어선 L은 아내에게 소리를 질렀다.

"그러게 누가 남편 관리 허술히 하래?"

"뭘 잘했다고 지랄이야, 이년아! 니가 뭘 잘했어, 뭘!"

아내가 악을 쓰자 L도지지 않고 언성을 높였다.

"이년 저년 하지 마, 넌 뭐가 잘났다고 그러는데!"

두 여자의 난동에 망연해진 K는 예배 실 문 쪽으로 시선을 돌렸다. 제복 차림의 경찰들이 문 앞으로 다가오고 있었다. K는 순간 흠칫했다. 설마, 설마. K는 뒤로 한 발짝 물러섰다. 경찰들은 문을 열고 복도를 가로질러 걸어왔다. K는 입술을 깨물었다. 봉사단체 회장이라고 명함을 내밀었던 사내의 헌금에 대해 추궁하던 태도가 생각났다. L에게 주려고 헌금함에서 꺼냈던 생활비가 그의 뇌리를 스치고 지나갔다. K의 등골에 식은땀이 흘렀다. 그는 다시 한 발짝 물러섰다. 뒤로 돌아서는데 굵은 남자의 목소리가 그를 불렀다.

"K 목사님이십니까?"

그의 목소리는 K의 바로 뒤에 다가와 있었다. 찰칵 하는 소리와 함께 차가운 금속질의 링이 그의 손목을 휘감았다.

"교회 공금 횡령 혐의 및 간통죄로 체포합니다. 당신은 변호사를 선임할 권리와 묵비권을 행사할 권리가 있습니다."

남자는 무뚝뚝하게 말을 뱉었다. 그는 K를 확 잡아끌었다. K는 그 힘에 뒤로 돌아서고 말았다. 그가 고개를 돌린 순간, 번쩍이는 강렬한 불빛이 그의 망막에 와 박혔다. 헉, 하고 숨을 삼키며 K가 인상을 찌푸리는데 찰칵대는 소리와 함께 강렬한 불빛이 눈앞에서 계속 터졌다. K는 한 발짝 뒤로 물러났다. 그것이 카메라의 플래시 불빛이라는 것을 알게 된 것은 그 카메라를 든 기자들의 열성적인 질문 때문이었다.

"K 목사님, 언제부터 공금을 횡령하기 시작하셨습니까?"

"앞으로 뭔가 하실 말씀이라던가, 있으십니까?"

"현재 소감을 발표해 주십시오."

기자들은 K의 앞에 몰려들어 와글와글 떠들어대기 시작했다. K는 망연히 그들을 쳐다보았다. 그는 할 말을 잃고 멍하니 서 있었다.

문득, 그는 입술을 달싹거렸다. 그는 수없이 되뇌기 시작했다. 아멘, 아멘, 주여, 종을 이 환난에서 구하여 주시옵소서. 아멘, 아멘. 계속해서 터지는 네모난 플래시 불빛을 황망히 쳐다보면서 그는 끝없이 되뇌었다. 계속해서 열망을 담아 신을 불렀다. 하지만 그를 구해 줄 어떤 것도 나타나지 않았다. 천사도 구원도 내려지지 않았다. 기자들의 질문은 계속해서 쏟아졌고, 경찰은 그를 잡아끌었다. 계속해서 터지는 플래시 불빛도 마찬가지였다.

K는 계속해서 중얼거렸다. 아멘, 아멘, 주여, 이 환난에서 구출해 주소서.

도시를 떠난 고양이

조환필 | 중2

나는 어딘가에 살고 있다. 이 커다란 세상 속에서 모래알처럼 작은 존재로 살아가고 있다. 그러므로 내가 있는 곳이 어떤 곳인지는 별로 중요치 않다. 나는 여기에서 자고, 여기서 먹이를 구하며, 여기서 숨을 쉰다. 나에겐 지금 이곳이 가장 소중하다. 난 인간으로부터 '고양이'라 불리는 생물이다. 인간은 저마다 모두 이름이 있지만 인간 외의 다른 생물들은 몇몇을 제외하고는 통틀어서 하나로 불린다. 인간들이 '닭대가리'라는 말을 쓸 때 모든 닭들은 '돌대가리'의 돌과 같은 존재가 돼버린다. 돌과 닭은 전혀 다른 존재인데도, 다른 닭들과 구별되는 고유한 존재로 인식되지 못하는 것이다. 우리 고양이도 마찬가지다. 내가 걷고 있는 새벽거리는 매우 한산하다. 인간들이 드문 시간이다. 아직 날이 밝진 않았으나 그렇다고 완전히 어둡지도 않은 하늘, 지금까지 난 끊임없이 주위를 살피며 걸어왔다. 적은 없는지, 먹이는 없는지, 나에겐 매우 중요한 일이다. 주위를 둘러본다. 높고, 크고, 다 똑같이 생긴 회색건물들이 빽빽하게 들어차 있는 답답한 공간이다. 두렵다. 언제나 보아왔던 것들이지만 도시의 회색빛을 느낄 때마다 나는 심장이 죄어들고 몸을 웅크리게 된다. 바쁘게 오가는 사람들 다리 사이로 모래바람처럼 휘몰아치는 적막함과 공허함을 그림으로 그린다면 바로 이 회색빛이 아닐까.

나는 커다란 회색 건물 사이의 틈으로 들어간다. 이 건물은 약간 위험한 느낌이 있다. 약물 냄새가 난다. 건물 안에는 여러 생물들이 갇혀 있다. 사람들은 이곳을 동물병원이라고 부르는 모양이다. 여기도 또한 막혀 있고 공간의 크기는 더 좁지만 여기는 그래도 생기가 느껴질 뿐더러 숨이 덜 막힌다. 병아리가 껍질을 깨고 나오듯 병의 더께를 벗겨내고 살아나려는 희망이 있기 때문일까? 그 희망을 어루만지는 몇몇의 인간들이 있기 때문일까? 이렇게 외로움이 느껴질 때는 살아있는 존재의 따뜻한 체온이 절실하게 그립다. 날이 밝을 때까지 여기에 머무르고 싶다. 나는 자리를 잡고 웅크린 채, 잠이 들었다.

시간이 얼마나 흘렀을까? 햇살이 눈꺼풀 속으로 파고든다. 이 느낌 속에 좀 더 머무르고 싶지만 언제 인간들의 눈에 띨지 모른다. 그들 중엔 나를 이유 없이 괴롭히는 인간들도 있다. 기지개를 켜고 나는 찌뿌듯한 몸을 일으켜 세웠다. 쓰레기통을 타고 담 위로 올라갔다. 담장 저쪽 아래 나를 향해 짖는 생물이 보인다. 보통 이렇게 인간들의 기분 때문에 묶여 있게 되는 생물들의 대부분이 이 '개'라고 불린다. 그는 나와 비슷하다. 내 모습을 직접 본 적은 없지만 느낌이 같다. 그의 눈에서 나는 외로움을 보았

다. 뭔가 비어있는 느낌, 하지만 다른 점이 있다. 그가 묶여 있다
는 것과 그의 눈에 생기가 없다는 점이다. 틀에 갇혀 있으면서도
갇혀 있는 줄도 모르는, 사슬이 허락하는 공간이 세상의 전부 인
줄로만 아는, 도와주고 싶다. 저 생물에게도 사슬 너머의 자유를
보여주고 싶다.

그는 묶여 있지만 너무 오래되어서 묶이기 전의 야생을 잃어
버렸을 것이다. 난 말뚝에서 그를 묶고 있는 사슬의 고리를 벗겨
내어 입에 물고는 담장 위로 올라가 담장 바깥으로 던졌다. 그리
고 아래로 내려가 그것을 당겼다. 철그렁거리는 소리와 그가 낑
낑대는 소리가 나는데 그의 모습은 좀처럼 담장위로 나타나지
않았다. 당기기가 점점 힘들어졌다. 상황을 파악하기 위해 다시
담 위로 올라갔다. 그 때 어디에선가 인간이 나타났다.

"어휴, 이 도둑고양이 새끼들, 도대체 어디 있다가 나타나는
거야? 몽둥이가 어디에 있지?"

대충 알아들을 순 있었다. 인간들의 입에서 이런 소리가 나온
후에는 꼭 이어지는 행동이 있기 때문이다. 발로 찬다던가, 돌을
던진다든가 하는. 우리는 인간들에게 환영받지 못하는 존재이
다. 담장 위에서 그를 돌아보았다. 그는 생기 없는 눈으로 날 보
더니 고개를 떨구었다. 그는 변화를 포기했다. 어쩌면 그에겐 어
떤 모습으로 살아가는지, 무엇을 하며 사는 지가 중요하지 않을
지도 모른다. 인간이 주는 밥을 먹고 낯선 사람을 향해 짖고 가
끔 발길에 채이기도 하면서 목숨을 부지하는 것이 그의 전부가

돼버렸는지도 모른다. 그는 사슬을 끌면서 개집으로 들어갔다.

난 걸어간다. 배가 고프다. 먹이를 찾고 있을 때, 내가 살아있다는 것을 느낀다. 구석지고 어두운 곳을 찾는다. 그곳에 나의 먹이가 몰려있기 때문이다. 쓰레기통을 뒤져 썩은 생선을 집어 먹거나 살찐 쥐들을 쫓는 게 나의 먹이 사냥이다. 먹이를 발견하면 몸을 최대한 웅크린 다음 먹이가 방심하는 틈을 타 뛰어 오른다. 앞발에 눌린 먹이가 찌익찌익 소리를 내면서 다리를 버둥거린다. 그에겐 내가 두렵기 만한 존재겠지. 마치 내가 인간을 보는 것처럼. 내 먹이의 공포에 찬 비명을 들을 때면 왠지 가슴이 무겁고 불편해진다. 하지만 난 살기위해 먹이를 먹어야 한다. 이건 생존의 문제이다. 나는 포만감을 안고 해가 저 쪽으로 뉘엿해질 때까지 골목 옆의 낮은 슬레이트지붕위에 올라가 나른한 잠 속으로 빠져들었다.

"어? 형 저것 좀 봐."
"검은 고양이다! 검은 고양이는 재수 없어. 우리가 악을 퇴치하자."
"좋아."
두 아이가 돌멩이를 주워드는 게 보였다. 나는 지붕을 타고 가볍게 옆 건물로 옮겨가 큰 도로로 내려섰다. 아이들의 이 정도 횡포쯤은 늘 있는 일이다. 넓은 도로는 빠른 속도로 달리는 물체

들로 가득 차 있다. 동그란 바퀴가 네 개 달린 그것은 항상 달리고 있다. 이 물체 안에는 언제나 인간이 들어 있다. 그들은 이것을 '차'라고 부른다. 엄청난 속도를 내며 그렇게 활동적으로 움직이는 그것들도 생기가 느껴지지 않는다. 생기는 설명되어지는 것이 아니라 느낌이다. 이 길의 반대편으로 가려면 이 '차'들을 뚫고 가야 한다. 나는 길 건너기를 포기하고 차들의 진행방향을 따라 걸었다. 나를 앞지르는 차들이 엄청나게 많다. 난 차들이 달리는 도로를 따라 걷다가 옆길로 빠져나갔다. 공터로 이어진 골목은 야트막한 집들을 거느리고 있다. 콘크리트가 깔리지 않은 거친 땅에 작은 것들이 꼬물거리며 살아가고 있다. 주의 깊게 보지 않으면 그냥 지나쳐버릴 생물들. 이 중엔 내가 재미있어 하는 식물도 있다. 그들은 작은 꽃을 피우고 골목을 환하게 밝히다가 계절이 바뀌어 바람이 불어오면 하얀 씨앗들을 날린다. 그들의 삶은 미지의 곳에서 새롭게 시작될 것이다. 익숙한 골목에 붙박이지 않고 새로운 세상을 찾는 눈, 나는 이런 삶을 원해 왔다. 지금은 도시의 뒷골목에서 쥐를 쫓고 쓰레기통을 뒤지고 있지만 이것만이 내 전부가 아니라는 것을 알고 있다.

해는 어느새 사라지고 없다. 주위는 어둑어둑해졌지만 인간들의 발길이 특별히 뜸해지지는 않는다. 아니 오히려 더 밝고 시끄러워진다. 아니나 다를까 골목 밖 저쪽은 곧 현란한 불빛으로 가득 찼다. 어두움과 밝음이 어설프게 섞인 저런 곳은 내가 가장 싫어하는 공간이다. 씨앗을 바람에 날리는 키 작은 식물이 사는 골목안의 새벽은 저쪽의 새벽과는 다르다. 골목의 새벽 공기 속에는 저 작은 식물의 숨소리가 섞여 있는 것 같다.

한 명이라도 생기 있는 인간을 만나 보고 싶다. 작은 식물처럼 숨을 쉬는 인간을. 나는 아직 많이 외로운 것일까? 한 생물에 대해 알려면 그의 눈을 보는 것이 좋다. 눈에는 많은 것들이 담겨 있다. 난 인간들의 눈을 바라 본적이 있다. 약간 흥분한 상태의 인간도 있었고 왠지 침울해 보이는 인간도 있었다. 나는 인간의 눈 속에 담긴 하늘, 바람 같은 것들을 보고 싶다. 나는 이상한 고양이일까?

먼동이 터오는 것을 가장 먼저 아는 것은 하늘을 날아다니는 생물이다. 새들이 지저귀기 시작하면 기다렸던 것처럼 산의 실루엣이 푸르스름하게 하늘에 그려지기 시작하고 세상은 보랏빛으로 변한다. 아침이 가장 먼저 깨우는 것은 산인 것 같다. 도시의 아침은 산보다 늦다. 햇빛이 도시로 꽂혀오면 나는 가슴이 벅차다. 빛을 향해 달려가고 싶은 욕구가 충만해온다. 아침은 언제나 감동적이다. 거리에 인간이 하나 둘씩 보이기 시작한다. 그들의 눈에는 피로가 쌓여 있다. 이러한 인간들의 일상을 관찰해 본 적도 있지만 이들의 하루하루는 다 똑같다. 커다란 건물 안에 갇혀서 빛을 보지도 못하고 하루 종일 무슨 일을 하는 것이다. 나는 다른 인간을 관찰하고 싶은 거다.

보였다! 눈에 생기를 머금은 한 인간이 골목에서 나오는 것을. 그는 낡고 헤진 옷을 입고 거리를 느릿느릿 걷고 있었다. 걸음은

느렸지만 분명했고 무엇에 쫓기는 기색이 없었다. 그의 눈은 다른 도시인들처럼 메마르지 않았으며 약간 슬픈 빛이 감돌았다. 입술은 차분하게 다물려 있었다. 난 그를 놓칠세라 뒤를 따라갔다. 그는 나를 의식하지 않고 걸었다. 갑자기 어떤 것이 나의 꼬리를 잡아당기는 것을 느꼈다. 나는 그 커다란 힘에 부쳐 영문도 모르고 끌려갔다. 나를 끌고 간 것은 역시 인간들이었다. 그들은 나를 으슥한 골목의 구석으로 몰아넣고 발로 차기 시작했다. 이유도 모른 채 그들이 때리는 데로 맞을 수밖에 없었다. 그들의 눈을 확인할 겨를은 없었지만 아마도 희열과 흥분 등 알 수 없는 감정들로 차 있을 것이다. 정신없이 맞다 보니 아픔마저 제대로 느껴지지 않았다. 그들은 나를 구석에 쳐박아 두고서 낄낄거리며 골목을 빠져나갔다. 나는 누워서 하늘을 쳐다 보았다. 그였다. 그가 나를 내려다보고 있었다. 그는 내 앞에 쭈그려 앉더니 내 눈을 슬픈 눈길로 내려다보았다.

"인간이 모두 저런 거 아냐."

뭐라고 말하는지는 모르겠지만 따뜻했다. 그는 일어서서 다시 골목을 천천히 걸어 나갔다. 나도 힘겹게 일어서서 그를 쫓아갔다. 그가 들어간 곳은 골목에서 십여 분 떨어진 거리의 널따란 마당이 딸려있는 이 층짜리 건물이었다. 안을 들여다보니 이상하게 생긴 사물들이 규칙적으로 배열되어 있었다. 그도 이 사물에 자리를 잡고 앉았다. 건물에 똑같은 옷을 입은 인간들이 하나 둘씩 계속 모여들고 있었다. 시간이 좀 지나자 기계음이 울리고 좀 나이든 인간이 방안에 들어와서는 자리에 앉은 인간들에게 여러 가지 이야기를 하는 것이다. 내겐 꽤나 지루한 작업으로 느껴졌다. 다리를 쭉 펴지도 못할 좁은 공간에서 다른 인간의 재미 없는 이야기를 온종일 듣는다는 것은 고역이다. 하지만 이런 고역을 웃으며 받아들이고 그 이야기를 받아 적는 인간들도 있었다. 이해할 수 없는 광경이다. 그의 이야기가 끝나자 또 다시 규칙적인 기계음이 울려왔고 이야기를 듣던 인간들은 스트레스를 풀려는 듯 막 뛰어다니며 큰 소리로 떠들기 시작했다. 그들은 다 똑같이 생긴 얼굴로 다 똑같이 생긴 옷을 입고 있었다. 참, 내가 찾은 인간은 뭘 하고 있을까?

그는 창가에 턱을 괴고 앉아서 날 보고 있었다. 날 바라보던 슬픈 시선을 하늘로 돌린다. 그렇게 그는 틈만 나면 하늘을 바라보며 앉아 있었다. 나는 그의 눈을 보았다. 그는 다른 인간들과 별반 다른 점이 없어 보였지만 눈에 슬픔이 있었다. 피곤해 보였지만 어쨌든 그의 눈에서 나는 하늘을 보았고 어떤 이야기를 읽을 수 있을 것도 같았다. 해는 어느 새 높게 떠올라 햇살이 나를 따듯하게 감쌌다. 난 깜빡 잠이 들었다.

눈을 떴을 땐 건물과 마당은 텅 비어있었다. 그는 어디로 갔을까? 커다란 건물을 둘러싸고 있는 담을 넘어 작은 건물들을 몇 개 지나고 나서야 그를 찾을 수 있었다. 그는 여전히 하늘을 보며 걷고 있었다. 큰 건물들이 많은 곳을 지나쳤고 점점 인간들의 발길이 뜸한 곳으로 걸어갔다. 주위를 둘러보니 작고 허술한 지붕들만 다닥다닥 붙어 있는 아침의 그가 나왔던 바로 그 골목이었다. 그는 허름한 집으로 들어갔다. 나도 따라 들어가고 싶었지만 그가 문을 닫아버렸기 때문에 할 수 없이 문 밖에 남겨졌다. 놀랍게도 그의 집에는 유리창이 없었다. 인간이 들어가는 모든 건물에 있는 유리창 하나가 없는 그런 집이었다. 그가 안에서 무슨 일을 하는지 알 수 없었다. 아무리 기다려도 그는 밖으로 나오지 않았고 난 문 앞에서 잠이 들었다. 또 하루가 지나가고 있었다.

배가 고팠다. 하지만 그를 놓쳐버릴 수는 없었다. 기다리는 것밖에는 다른 방법이 없었다. 해는 아직 나오지 않았고 빛만 살짝 어른거리는 하늘이다. 그가 나오려면 좀 더 기다려야 한다. 난 바닥에 엎드려 무료한 시간을 보냈다.

그가 드디어 밖으로 나왔다. 그는 또다시 어제의 그 건물을 향해 걸었다. 인간들이 많은 거리로 걸어가서 어떤 건물 안으로 들어갔다. 나올 때 그는 손에 빵을 들고 있었다. 그는 자리를 잡더니 들고 나온 빵을 먹었다. 그것이 오늘 아침 그의 먹이인가 보다. 그는 나를 보면서 피로한 얼굴로 웃더니,

"너도 배고프냐?" 하며 나에게 그의 먹이를 떼 주었다. 그가 왜 이런 짓을 하는지 모르겠지만 난 그와 먹이를 나누었다. 배고픔이 사라졌다. 난 그가 먹이를 다 먹을 때까지 기다렸다. 얼마 안 있어서 그에게 짧은 머리를 한 몇몇의 인간들이 다가왔다.

"야, 가져오라는 돈 가져왔어?"

그는 그저 그 말을 듣고만 있었다.

"어이, 학생! 사람 말이 말 같지 않아?"

갑자기 인간들은 그를 때리기 시작했다. 그들의 눈은 엄청난 분노와 흥분으로 가득 차 있었다. 하지만 정작 그는 편안해 보였다.

"내일도 이러면 죽어. 선생한테 찌르고 싶으면 해 봐, 학교고 뭐고 없어."

인간들은 그를 놓고 을러대더니 그를 놓고 어디론가 걸어가 버렸다. 그는 맞은 자리를 문지르며 그대로 앉아서 남은 먹이를 먹었다. 그는 먹이를 모두 먹고 나서 일어나 어제의 그 건물 안으로 들어갔다. 나도 들어가고 싶었으나 그 안에는 인간들이 너무 많았다. 해가 약간의 이동을 보였을 때, 방안에 인간이 하나 더 들어왔다. 그리고 어제와 같은 일이 또 펼쳐졌다. 한 인간이 뭔가를 이야기하고 자리에 앉아있는 인간들은 이야기를 들으며 그것을 받아 적는다. 그는 또다시 멍하니 시간을 보냈다. 이야기하는 인간은 그가 안중에도 없다는 듯이 행동했다. 그가 뭘 하든지 아무런 상관도 없다는 것처럼 보였다. 난 이 지루한 행동만을 바라보기가 힘들어서 시선을 하늘로 돌렸다. 하늘에 몇몇의 생물들이 날아가고 있었다. 그들은 자유로워 보인다. 이들처럼 이렇게 앉아있지 않아도 된다. 그가 나오려면 해가 훨씬 더 움직여야 한다.

난 땅으로 내려왔다. 그리고 모래가 펼쳐져 있는 곳을 가로질러 걸어갔다. 모래가 밟히는 느낌이 좋았다. 그리고 건물을 둘러싸고 있는 담을 넘었다. 담을 넘고 나서 내가 본 것은 식물들이 많이 살고 있는 넓고 커다란 곳이었다. 인간의 손길이 닿았던 나무들과 깎인 풀들도 눈에 띄었다. 여러 생물들이 돌아다니고 있었다.

그 때 뒤에서 일부러 내는 듯한 기침 소리가 들렸다. 뒤돌아본 나는 놀랐다. 나와 같은 종족이다. 고양이라 불리는 존재이다. 나는 습관적으로 그의 눈을 바라보았다. 그의 눈은 깊었고 매우 맑았다. 나는 그의 깊은 눈에 끌려서 그에게 다가갔다. 그는 나에게 말했다.

"나를 따라와 봐."

그는 풀숲을 지나 깊은 곳으로 들어갔다. 나무와 풀을 많이 지나친 후에 우리는 그의 보금자리에 다다랐다. 풀이 뉘여 있는 곳이다. 그는 거기에 앉더니 옆에 앉으라는 듯 자리를 조금 비켜주었다.

"계속 너를 보아왔어. 너는 한 인간을 계속 관찰하더군. 나도 이해는 해. 나도 인간을 관찰한 적이 있으니까."

오랜만에 만난 말이 통하는 상대였다. 잠시 두근거렸다.

"하지만 그도 역시 인간이야. 너무 믿지 않는 것이 좋아."

"그런가? 하지만 그는 달라. 눈에 생기가 있어."

"그가 줄어있지 않다는 것은 사실이지. 하지만 그도 인간이야. 그가 인간이라는 것은 바뀌지 않아. 너를 위해 하는 말이야."

우리는 오래 전부터 알았던 사이처럼 이야기했다. 인간이 보면 이해할 수 없을 것이다.

"그러니까 인간을 마지막으로 믿어 보고 싶은 거야."

"인간은 언제나 같아. 변화를 두려워하지. 우리와 생각이 달라."

사실이다. 인간은 스스로의 변화를 두려워하는 한편 머물러 있는 것, 변하지 않는 것은 또 못 견디는 성질이 있는 것 같다. 예를 들자면 '자연과 우리는 하나나.'라고 외치면서 그들은 끊임없이 자연으로부터 자기들을 분리해내고 터널을 뚫고 길을 내고 바다를 메우며 정복자의 위치에 선다. 이 점이 인간이 우리와 가장 다른 점이다.

"인간은 이미 생명의 법칙에서 벗어나 있어, 그들이 스스로 거부한 거야."

"그래도 인간은 생물이야. 그는 인간이기 이전에 생명이라고."

나의 종족은 슬픈 표정을 지었다.

"후. 정말 그렇게 생각해? 한때는 나도 그런 생각을 한 적이 있었지. 내가 관찰한 그 인간은 평범한 인간이었어. 특출난 행위를 보이지도 특별히 열등한 면모를 보이지도 않았어. 그 때의 난 소위 애완동물이라 불리던 존재였지. 난 그를 따랐고. 난 그가 언제나 같을 줄 알았어. 진정으로 날 아끼는 줄 알았지. 하지만 내가 사고로 다리를 하나 잃었을 때 그의 반응은 차가웠어. 겨우 다리 하나로 그가 변했다고. 평범한 인간이라도 그래. 인간은 다 그런 거야, 다리 하나가 그들에겐 사랑을 거두는 이유가 되지.

인간의 마음은 모두 거짓이라고."

그는 그의 다리를 보여 주었다. 그의 뒷다리 중 하나가 이상하게 뒤틀려 있는 것은 그 때문인 것 같았다. 그가 말하는 것은 모두 사실일 것이다. 나도 인간들의 그런 면모를 많이 보아왔다. 항상 거짓으로 자기를 감싸며 그것으로 자신이 보호되는 줄 아는 인간들.

"맞아. 인간은 다 그렇지. 착각 속에서 살고 있어. 그들도 생물이고 자연의 일부인데도. 그들은 자신의 눈부터 막지. 그들은 자기의 생각으로 자신의 본연을 변형시켜. 인간의 오만함은 언젠가 그들 자신을 갉아먹을 거야."

그는 고개를 끄덕이더니 말했다.

"그렇다면 네가 그런 인간을 관찰하는 이유는 뭐야?"

"인간을 마지막으로 믿어보고 싶어서야. 난 예전에도 많은 생물들을 관찰해 왔어. 그들은 모두 자신을 믿고 하루하루를 생동감 있게 살아가지. 하지만 인간을 처음 관찰했을 땐 놀랐었어. 무기력한데다 하루하루를 의미 없이 보내는 경우가 많더라고. 그래서 이 인간이라는 생물에 흥미를 느끼기 시작했어. 지금까지 여러 인간을 관찰해 왔지만 모두 죽어 있더군. 이제 관찰자의 입장을 접으려고 하는데 생기 있는 인간이 보였어. 지금 내가 관심을 갖는 인간이야. 그에게서 희망을 찾고 싶어."

"그런가. 가능성이란, 생물에게 희망을 주면서도 때로는 생물을 철저히 짓밟기도 하지. 조심해."

말을 마치고 그는 엎드려 잠이 들었다. 나는 그의 앞에 서서 조용히 그가 자는 것을 지켜보았다. 그는 인간과 많은 일이 엮였던 모양이었다. 인간에 대한 불신이 쌓여 있었다. 인간은 오만함과 의심, 그리고 잔혹함으로만 뭉친 존재일까?

그는 올 것이다. 해가 완전히 떠오르기를 기다렸다.

'흐음, 깜빡 잠들었네. 아직 해가 뜨지 않았는데 계속 그를 기다릴 거야?'

"그래."

"그럼 여기서 나가는 게 좋겠어. 조금 있으면 또 인간들이 들어올 시간이야."

"엥? 인간들이 이런 곳에도 들어와?"

"인간이라면 가능하지. 다른 생물들의 소유에 대한 예의는 인간에게는 없으니까."

그와 함께 그곳을 나왔다. 그리고 담을 넘어 다시 건물의 창가에 자리를 잡고 그를 기다렸다. 창가에 그의 모습이 나타났다. 또다시 지루한 일상이 펼쳐질 것이다. 그 속에서 그는 자기의 생기를 어떻게 지켜나갈까? 그런데 어딘가 어제와 다른 느낌이 나를 낯설게 했다. 생기 있는 생명은 어디에서든 존재감을 보인다. 지금까지도 그를 인간들의 무리 속에서 찾아낸 것은 그 때문일 것이다. 그는 무리 속에서 유독 돋보이는 존재였다. 나는 놀라고 말았다. 그가 다른 인간들과 다른 빛깔을 띠고 있지 않다는 것을 깨닫는 데는 많은 시간이 필요치 않았다. 그는 인간의 이야기를 받아 적으며 고개를 끄덕였다. 무엇이 그를 이렇게 만들었을까. 그가 맞은 것 때문일까? 그는 이 인간들의 세상에서 맞고 멸시당하며 살아왔다. 하지만 타협하지는 않았을 것이다. 머리 짧은 한 무리의 인간들에게 맞을 때에도 그의 눈은 비굴하지 않았다.

옆에 있던 나의 종족이 말했다.

"더 이상 고통 받고 싶지 않았을 거야. 인간으로선 오래 싸워 온 셈이지."

그의 세상과의 싸움도 그의 포기를 끝으로 끝이 난 것이다. 역시 그의 말이 맞는 것인가? 인간은 다 똑같다. 변화를 두려워한다는 것. 똑같은 것만을 강요하여 스스로의 선택을 앗아가는 세상과의 싸움을 그는 끝냈다.

우선 이 건물로부터 멀어지고 싶었다. 똑같은 옷을 입고 똑같은 말을 받아 적는 인간들이 규칙적인 기계음에 따라 온종일을 보내는 이 회색 건물로부터. 인간의 생기를 앗아가는 첫 번째 문.

"그에게 희망을 걸었다는 사실이 내게는 큰 선물이었어. 나는 나에게 끝없이 희망을 선물하겠어. 이제 더 이상 나는 뒷골목의 쓰레기나 뒤지며 살지 않겠어. 이 회색의 세상으로부터 떠날 거야."

나의 종족은 대답했다.

"네가 찾는 세상은 네 안에 있어. 네가 멈추고 싶은 곳, 네가 있는 곳이 너의 이상적인 세상인 거야."

　내 종족의 말은 내 가슴을 두근거리게 했다. 나는 창가에서 뛰어내렸다. 그를 바라보았다. 따뜻했다. 하지만 아직은 나 혼자 걸어야 할 길이 있었다.

2021년 大韓民國

임준우 | 중3

"헉!"

귀신이 내 다리를 잡고 늘어지는 구역질나는 악몽을 꾸다가 깼다. 종아릴 더듬어 꿈이라는 걸 알게 되자 가벼운 신음과 한숨 소리가 섞인다.

"꿈이네."

버릇처럼 축 감긴 눈으로 방을 둘러보던 난 벽에 걸려 있던 너덜너덜한 달력을 보곤 오늘이 전기 공급이 없는 날이라는 것을 금세 깨달았다. 근사한 까치집을 무너뜨리려 화장실로 향했다. 화장실에서 수도꼭지를 힘껏 비틀던 나는 오늘이 전기와 함께 수도 공급이 없는 날, 다시 말해 오늘은 못 씻는 날이라는 사실에 또 한 번 한숨을 푹푹 쉬어야 했다.

"또 못 씻는 거야? 에이."

오늘은 우중충한 목요일이다. 전기는 수요일, 토요일에 공급이 되고 물은 월요일과 금요일, 그리고 일요일에 공급이 되는데 적응이 되지 않는 나는 매일 같은 행동을 되풀이하고 있다. 절전

령과 절수령이 시행된 지 꽤 오래된 일이어서 이젠 적응할 때도 되었건만 나쁜 머리 탓인지 번번이 잊어버렸다. 씻는 것은 단념한 채로 화장실에서 나왔다. 천천히 가면서 시간이나 확인할 요량으로 나는 고개를 들었다.

거실 벽엔 며칠 전 구청에서 나눠 준 전지를 받아먹은 낡은 시계가 걸려 있었다. 그것을 멍하게 바라보던 내 머릿속에는 오로지 한 생각뿐.

'지각'

"안 돼!"

지구에선 더 이상 석유란 귀중한 놈을 찾아 볼 수가 없다. 그러므로 합성섬유는 더 이상 세상에 그 모습을 드러낼 수가 없다. 절로 나오는 한숨도 어쩔 수 없이 허름한 무명으로 만든 꼴불견인 교복을 몸에 걸치고 산소 호흡기—오존층이란 벽마저 뚫어져 우주의 메탄가스에 지구는 중독이 되어 더 이상 사람들은 맨 얼굴로 거리를 활보할 수는 없게 되었다—와 솜털 같은 가방을 들었다. 차라리 무겁게 어깨를 짓누르면 키는 작아질지언정 지나가는 사람들에겐 그나마 학구열이 강한 학생으로 보이기라도 하는데 이 허름하고 찢어진 가방은 대한민국 청소년의 가난한 실태를 조사하는 방송국 기자 같단 말이다. 그 가방이란 놈을 들고 허둥지둥 집 밖을 나섰다.

밖에 나가 보니 사람들도 까치집을 머리에 얹고 다니는 꼴이다. 물이 끊긴 날이면 매번 있는 일이어서 배꼽 잡고 웃을 형편도 아니다.

"콜록, 콜록."

게다가 기침까지 해대는 꼴이란! 대전의 하늘에 엄지손가락을 추켜올린다.

언제쯤 옛날 아버지 세대처럼 물과 전기가 충분한 세상이 올까. 안타깝게도 나의 말은 공상이었다. 지겨움에 한숨만 쌓여 가는 하루가 될 듯하다.

"내가 잘못 본 거야?"

중국산 담배를 입에 물고 있던 중년 남자가 옆에 있는 남자에게 물었다. 그 남자의 표정도 그가 들고 있는 신문과 일면 닮아 보였다. 그가 들고 있는 신문에는 여느 때처럼 쓰레기 기사가 실려 있었다. 그리고 그 '쓰레기'들을 덮고 있는 충격적인 기사도 실려 있었다. 헤드라인에는

−환율 800원선 붕괴!−

"볼만하군." 남자가 말했다. 그의 눈동자는 신문의 활자를 빠르게 넘나들고 있었다.

담배에 불을 붙인 중년 남자는 이따금 담배 연기를 두어 모금 내뿜을 뿐 한동안 말이 없었다. 믿겨지지 않겠지. 불황의 구렁텅이에서 경제가 계속 허우적댈 이번 환율 800원 선 붕괴. 활짝 웃을 수 있는 기사를 기대했던 건 아니었지만 이 정도까지는 생각지도 못한 것이다. 대세인 침묵에 대항하듯 덩달아 무거워지는 내가 찬 깡통 소리에 나를 쳐다보는 눈길이 곱지 않은 건 당연

했다.

"덜커덩."

믹서기에 고물 차량 몇 개를 넣어 섞은 듯한 차 한 대가 도착했다. 꼴에 버스라고. 이렇듯 중학생의 마지막 해를 보내고 있는 나, 김대현의 하루는 언제나 다를 바 없이 무겁고 불만 가득한 한숨과 함께 시작이 된다.

학교에 도착해 교실 문을 열고 들어가자 애들이 반갑다는 듯 인사를 했다. 눈곱과 까치집에는 눈도 주지 않은 채 친구들은 이야기의 주제를 바꾸었다.

"어제 축구 봤냐?" 내 옆 친구인 덕영이가 나의 절친한 친구인 기태에게 물었다.

"응, 친구네 집에서. 근데 너무 못하더라, 아무리 일본이 우리보다 잘 해도 그렇지. 그냥 보다가 집에 가 버렸어."

기태는 그 얘기는 더 하지 말라는 투로 손사래를 쳤다.

"평가 전인데도 너무 하더라. 2 : 0이 뭐냐? 아, 요즘 우리나라 너무 못해. 우리 랭킹이 몇 위지?"

덕영이는 둘러앉은 친구들을 향해 물었다.

"41위, 지난달보다 다섯 계단 떨어졌어."

기태의 맞은편에서 고무를 질겅질겅 씹고 있던 민준이가 대답했다. 민준이의 억양은 조금 건방진 투가 있어 친구들하고도 자주 마찰이 있는 편이다. 언젠가 내가 충고를 하자 자기는 아무리 해도 안 된다고 하더라.

난 축구에는 옛날부터 관심이 없었다. 친구들의 불만 섞인 말대로 너무 못하기도 하지만 요즘은 시험 준비로 한창 바쁘기 때문이다. 친구들의 축구 뒷담에서 빠져 나온 나는 공부 이외의 할 일이 없어 1교시 수업인 역사 교과서를 읽기로 한 나는 삼국 시대였지만, 이제는 나제 시대인 부분을 펼쳤다.

당나라의 지방 정부 중 가장 거대하여 당나라에서도 그 힘을 견제했던 고구려는 나제시대 동안 수없이 남쪽을 노려 왔으며 국내성에서 평양성으로 옮긴 천도가 그 예이다. 그러나 신라는 백제와 고구려를 무너뜨림으로써 중국의 외침과 민족의 융합을 한꺼번에 이루어…….

아빠는 이것이 예전에 아빠 세대에는 고구려도 우리나라의 역사였다며 무능한 우리나라가 그 광활한 영토를 가지고 있던 유구한 칠백 년의 역사를 지닌 고구려를 내주었다며 자주 한탄을 하곤 했다.

하지만 내겐 너무나도 생소하게 들린다. 고구려, 고구려. 계속 생각해도 머릿속엔 '나제시대'일 뿐 고구려는 떠오르지 않았다. 되새겨 보면 고구려 관련 문화 행사나 박물관은커녕 TV에서 조차 고구려에 대한 그 어떤 것도 본 기억이 없다.

그래서 고구려가 우리나라 역사가 아닌 중국의 역사로 느껴지는 것 같다.

어느새 들어온 ─수업 종은 당연히 울리지 않았다─ 역사 선생이 수업을 시작한다는 아쉬운 소리를 내뱉었다. 오늘은 이 십여 년 전, 우리 아버지 세대를 공부하는 시간이다.

"자, 오늘 배울 곳은 123쪽이다. 어서 책을 펴라. 숙제 안 한 핑계거리 생각 중인 놈들은 자동으로 일어나라."

역사 선생, 싹수 노란 말투는 하룻밤 사이에 달라질 리가 없었다. 공부는 '모든 학생의 공공의 적'이라는 생각이 뚜렷했던 내가 당당하게 엎드려 자는 자세를 취하는 것은 놀랄 일이 아니었다. 혹, 역사 선생이 나를 잡는다 해도 나는 떳떳한 핑계를 댈 터, '어젯밤 늦게까지 봉제 공장에서 일을 시켰는데 나보고 어쩌라는 거냐.'고 따질 것이다. 그러면서도 그간의 섭섭한 감정이 터져 나올 수 있는 것에 대한 걱정도 만만찮다. 이런 생각을 하면서 눈을 감았다.

'아, 오셨군요, 공자님. 가끔은 공자님과 인생의 허망함에 대해서 이야기하는 것도 괜찮겠죠?'

그러면서 한참 환담이 오가는 중이었다. 하지만

"창가 쪽 자는 애 깨워!"

하는 선생의 호통은 예외 없었다. 반쯤 감긴 눈으로 고개를 들자 반 아이들은 한바탕 웃어댔다.

"내 머릿속에 공자님 6호다!"

기태가 부르짖다 책상을 치고 웃는 친구들이 한둘이 아니었다.

"푸핫핫핫!"

유난히 웃음소리가 큰 덕영이었다.

수업 중 지방방송은 불허(不許)하는 그가 감점이라는 일련의 협박을 한 것은 당연지사. 선생은 다시 책을 읽기 시작했다. 중얼중얼…….

"125쪽이야."

웃음 멈춘 덕영이는 내 책장을 넘겨주었다.

"나중에 책 좀 보여 줘."

넘겨진 책을 난 덮어버렸다.

나른한 봄기운의 따스함은 정적인 교실을 감싸고, 봄내음에 취한 친구들은 한 명씩 맥없이 쓰러져 갔다. 교탁의 선생이 아무리 뭐라 해도 그저 개 울음 소리로만 들린다. '너는 짖어라, 나는 잔다' 하는 막무가내 방식이었다.

"선생님! 10시인데……."

우리 반 수재인 유성이가 외치는 소리다. 아직도 엎어져 자는 친구들도 있지만 우리네 무적의 4총사는 이미 눈에 뵈는 거 없이 곧장 달음박질쳤다. 목적지는 컴퓨터실.

"달려!"

맨 뒤에서 쫓아오는 덕영이가 외쳐대는 소리가 들려 왔다. 혹, 다른 애들이 먼저 하고 있을까 걱정되어 이미 불붙은 말에 속도를 높였다.

"거기 뛰는 놈들 이리 와!"

지진이랴 싶었던 진동의 진원지를 찾은 학생부장이 꽤나 멀리서 호출 명령을 내렸지만 우린 절대로 흩어지지 않는다. 눈이라도 좋으면 서럽지는 않을까, 그 연세에 학교를 돌아다니다는 것 자체가 무리였다.

목적지가 눈에 들어온다. 입이 귀에 걸리기 시작하고 뒤에선 기태의 환호소리도 들린다. 자, 이제 문을 멋있게 여는 거다!

—쾅!

"이크!"

과한 흥분에, 쇳물을 뒤집어 쓴 철문이 아프다는 듯 울부짖음으로써 우릴 긴장하게 했다. 다행스럽게도 학생과 선생과 검은 몽둥이는 귀가 어둡거나 혹은 귀찮은 듯이 두려움에 떨어 갖가지 상상을 해 대는 우리의 앞에 모습을 드러내지 않았다.

"오, 하느님!"

헐떡이면서도 하느님께 감사기도를 올리는 민준이었다.

하지만 하느님께선 우리에게 '완전한 기쁨'을 주시진 않으셨다. 컴퓨터실로 들어갔지만 수많은 모니터들에 붙어 있는 일련의 종이에 쓰인 삐뚤삐뚤한 글씨는 우리의 노력을 헛되게 하여 울분을 삭이게 하였다.

〈오늘은 학교에 할당된 IP가 없어 컴퓨터를 이용할 수 없습니다.〉

"할당된 아이피가 없어?"

터덜터덜 교실로 돌아오는 길에 덕영이가 물었다.

"응, 아이피를 할당받아도 고작 두어 시간인데,컴퓨터도 쓰고

싫을 때 못 쓰다니. 최악이야. 최악!"

덕영이에게 대답하며 버럭 소리를 질렀다.

2006년 5월. 우리나라에 할당받은 3400만 개의 아이피를 모두 써 버려 더 이상 원하는 시간에 인터넷을 사용할 수가 없었다. IT 강국이었던 대한민국에겐 '사형선고'나 다름없었다고 한다. 즐겁게 컴퓨터를 두드리려던 내 꿈이 물거품이 되자 난 공부에 흥미를 잃고 낙서나 앞사람 괴롭히기 등 수업 중에 갖가지 놀이를 즐기며 시간을 보냈다. 그러기를 두어 시간.

"수업 끝!"

"밥 먹으러 가자!"

쥐도 새도 모르게 수업을 했나. 잠든 지 얼마나 되었다고 벌써 끝났지? 하지만 친구들은 이미 뛰쳐나간 지 오래였다.

점심시간, 전혀 즐겁지 않다. 도대체 국산은 어디에 숨어서 나오질 않는 건지.

언제나 외국산이 우리를 기다리고 있으니 밥이 넘어갈까? 급식을 햄버거로 주는 바람에 교내에서 학생들이 폭동을 일으킬 뻔한 사건이 몇 달 전이었다는 것을 감안해도 이젠 급식 문제도 팽개칠 만큼 가볍지 않다는 걸 아는지, 무거운 한숨이 뿜어진다. 누군들 꿀꿀이죽을 입에 대는 그 느낌을 즐기고 싶겠는가? 다행히 오늘은 먹는 즐거움은 놓치지 않고 오랜만에 웃을 수가 있었다.

"다행이네. 오늘 밥은 지랄 같지 않아서."

기태의 웃지 못 할 농에 애들은 배가 아프다고 난리다.

맛있는 밥을 유난히 쩝쩝대며 먹고 더러운 계단을 밟으며 교실로 올라간 나는 가방을 들었다. 함께 올라온 덕영이가 물었다.

"오늘은 어디야?"

"자동차 공장이라나? 하여튼 미치겠어. 생판 어린놈 데려가서 뭘 어쩌겠다는 거야."

어엇, 난 지금 덕영이에게 화를 내고 있다는 것을 알게 되었다. 이런, 덕영인 아무 잘못이 없는데.

"넌 어딘데?"

내가 묻자 덕영인 음식점이라고 했다. 휴우, 그 길로 덕영이와 헤어져 내가 배정받은 자동차 공장으로 터덜터덜 걸어가기 시작했다. 그렇게 걸어가길 십여 분, 시간 확인 겸 거리에 있는 시계탑으로 시선을 돌린 내가 기겁하는 것은, 공장은 코빼기도 안 비치는데 시간은 촉박하다는 거였다.

'늦으면 그 망할 놈의 주임이 때리는데, 빨리 달려가야지.'

숨이 턱에 닿고 발바닥이 불나도록 뛰어도 주임은 무시하기 일쑤다. 하느님은 이미 사기꾼이라고 지칭해 버린 내가 두 손을 모아 오랜만에 기도를 올렸다.

'하느님, 주임이 사고 당하게 해 주세요.'

지금 난 여유롭지 않다. 그래서 기도를 끝마칠 때까지 기다릴 수가 없었다. 공장에 다다르자 이미 같은 곳을 배정 받은 친구들은

"늦을 일이 있었어? 주임이 지금 장난이 아니야. 머리에 뿔도 달린 것 같다니깐."

하며 나를 걱정했다. 결국 내 기도는 헛것이 된 것이다.

"걱정마. 설마 칼 들고 기다리겠어? 너무 걱정하지 마."

친구들의 걱정을 뒤로 하며 주임실로 갔다. 아니나 다를까 주임실로 가자마자 술을 꽤나 마셔댄 듯한 시뻘건 얼굴을 들이대며 소리치는 것이 정말 밥맛이더라.

"야아! 왜 이렇게 늦은 거야? 엉? 어른들 담배 훔쳐서 피운 거 아냐?"

그는 남의 자존심에는 신경조차 쓰지 않는 나쁜 놈이다.

"아니요."

그와는 눈도 마주치기 싫다. 눈을 내리깔고 불만이 섞인 어투로 대답하니까 오히려 놈은 손을 들어 내 머리를 후려친다.

"너 같은 놈 때문에 세상이 이따위인 거야. 엉? 어린놈이 오라는 데는 좀 와야 할 꺼 아냐? 어엉? 이 자식 봐라, 눈 안 깔아?"

머리를 맞자 본래 못 참는 성격인 나는 주임을 쏘아보았다. 그러니까 지껄이는 거지. 제 딴에도 이젠 할 말 다 했다는 듯이 손사래를 치며 가랜다. 불만조로 난 문을 탕 닫고 나가 버렸다. 지옥 같은 방에서 빠져 나와 올려다본 하늘은 회색의 향연으로 우울하게 보여 나로 하여금 눈물이 핑 돌도록 만들었다. 오로지 머릿속엔 서럽다는 생각이 일순 떠나지 않았다.

"대현아!"

나를 발견한 친구들이 몰려오는 소리다. 재빨리 눈물을 찍어 내 아무 일도 없었다는 듯이 친구들을 맞았다.

"괜찮아, 머리만 몇 대 맞고 말았는데 뭘."

일부러 난 능청스럽게 대답했다.

날 의심하는 눈초리였지만 고맙게도 그들은 조용히 내 어깨를 두드려 짓눌린 무게감을 조금 덜어 주었을 뿐이었다. 이런 따뜻한 느낌에 흐르는 눈물을 주체할 수 없었던 나는 끝끝내 친구들 앞에서 눈물을 보이고 말았다. 친구들은 조금 의외라는 놀란 표정에 잠시 어찌할 줄 몰랐지만 이내 나를 감싸 안으며

"괜찮아, 괜찮아. 그런 놈한테 맞았으니 그럴 수도 있어. 울 때는 울어야 되는 거야."라고 말하며 어깨를 들썩이며 우는 나를 위로했다.

"……."

악마보다 더 하면 더했지 그 악행이 둘째가라면 서러운 주임은 해가 뉘엿뉘엿 질 때에도 보내지 않고 몇 시간의 노동을 더 강요한 뒤에야 집으로 가는 공장의 문을 열어 주었다. 난 손도 까딱하지 않았는데 작업량이 채워져 있다는 점에 골몰하고 있었다.

"귀신이 곡할 노릇이군."

내가 중얼거리는 소리를 듣고 같은 반 친구인 유성이가 물었다.

"왜, 대현아?"

나는 조금 의문스럽다는 표정으로 유성이를 바라보며

"유성이 너지?"

"아 아니, 나는 아니고 기태나 민준이인가? 하여튼 나는 그 명단에서 제외해 줘."

유성인 손사래를 치며 아니라는 것이다. 그의 강한 부정에는 강한 긍정이라는 숨은 말을 내포하고 있었다. 몰래 채운 내 작업량의 주인공이 친구들인 것이다.

공장 근처, 우리 집에선 사오십 분을 걸어가야 하는 먼 거리의 공원에서 친구들끼리 모여 불량식품을 먹으며 배고픔을 달래고 있을 때였다. 갑자기 기태가 우리를 보며 입이 찢어져라 씩 웃어대는 것이다. 혹시나 기태가 고된 노동으로 인해 그만 실성을 했나 하며 바라보고 있었다.

"너……."

참다못한 민준이가 기태에게 미쳤는지 여부를 묻기 위해 말문을 열 때였다.

"너네들 이런 거 못 먹어 봤지?"

그러더니 아까부터 유난히 불룩해 보이던 주머니에서 미국 과자를 마구 꺼내 우르르 쏟아 놓았다. 군침이 돌아 손이 먼저 가기보다는 우리의 눈을 휘둥그레 만들고 의문을 갖게 만들었다. 기태는 이 많은 그리고 비싼 과자들을 살 돈이 없을 것이다. 출처를 묻지 않을 수가 없었다. 재차 물은 친구는 민준이였다.

"어디서 또 빠른 손을 움직여 가져오셨어? 어라, 이번엔 미제야? 이거 안 되겠네, 양키들이 얼마나 무서운 줄 몰라?"

기태가 몸을 미적거리며 비비 꼬기 시작했다. 그 행동이 내 눈초리를 매섭게 만들었다. 기태는 손버릇이 좋지 않아 자주 미제 과자나 학용품 등을 슬쩍하기도 해 우리들이 여러 번 달래고 타이르기도 했지만 소용이 없었다.

"훔친 것보다 거짓말을 하는 게 더 나빠."

내가 강하게 압박해도 기태는 꿈쩍 않는다. 기태는 완벽한 물증이 나오지 않는 이상 입을 꾹 다물고 강하게 아니라고 고개를 내저을 것이다. 난 민준이에게 눈짓을 보냈다. 안타깝지만 어쩔 수 없이 기태의 앞날을 위해서라도 '극약 처방'을 할 생각이고 민준이도 내 생각에 동의하는 눈짓을 보내 왔다.

"자백하지 않으면 흑인 놈들에게 넘겨 버릴 거야!"

마음 아프지만 어쩔 수 없는 난 기태에겐 더없이 공포스러운 협박성 추궁을 했다. 유독 기태는 흑인들을 무서워했다. 흑인 놈들로 인해 부모님을 모두 잃었으니 이 말이 기태에겐 얼마나 큰 공포와 충격을 줄지 말을 안 해도 알 법한데 그런 말을 꺼내며 추궁하는 우리는 얼마나 가슴이 찢어질까.

"흑인?"

생각대로 기태는 갑자기 불안함이 엄습해 오는 듯 식은땀을 흘리고 눈을 어디에 둘지 몰라 허둥대기 시작했다.

"휴우우."

유성인 차마 못 보겠다는 듯 고개를 돌리며 한숨을 쉬었다. 기태에게 난 다시

"그러니까 그냥 말해."

라고 충고했다. 난 기태의 자백을 요구하는데 이번에야말로 버릇을 뜯어고치기로 마음먹은 행동이었다. 급기야 기태는 눈물까지 흘려대며 마구 소리를 질러대기 시작했다. 흑인들의 공포는 여전한 듯싶어 안 된 마음이 가득했다.

"너, 너무 배가. 배가 고파서 그랬어. 제발, 제발 한 번만 봐줘. 무릎 꿇고라도 빌게, 응? 제발, 제발 한 번만, 한 번만!"

가슴이 벌컥벌컥 뛰기 시작하면 못할 짓이 없었다. 정말로 무릎을 꿇고 손을 싹싹 빌며 고개를 조아리는데

"알았어, 알았어."

라고 말하며 안쓰럽게 떠는 기태를 일으키는 민준이의 무거운 말소리에선 주체할 수 없는 후회함이 묻어 나왔다. 벌벌 떠는 친구의 모습을 보자 나도 절로 한숨이 나왔다.

"훌쩍."

"앞으로는 그러면 안 돼, 알겠지?"

유성이가 기태를 다독이며 다짐하듯이 말했다.

기태는 수없이 고개를 끄덕이며 눈물을 닦아 냈다.

"시간도 꽤 늦었는데 이제 가자."

시계를 보고 있던 민준이가 말하자 다들 고개를 끄덕이며 자리를 털고 일어났다. 주변을 정리하고 공원을 빠져 나오자 금세 날이 어두워지는데 유난히 먹음직스럽고 밝게 떠오른 둥그런 보름달과 총총히 떠있는 별들이 밤하늘의 경치에 감탄사를 불어넣고 있었다.

"밝다, 그지?"

잠시 걸음을 멈추고 하늘을 올려다보던 내가 말했다. 친구들도 조용히 고개를 들었지만 대꾸하진 않았다.

"가자."

멍하게 보름달을 바라보던 친구들에게 민준이가 재촉했다.

시계를 보니 여덟 시. 늦긴 뭘, 좀 더 놀까? 하는 친구는 없었다. 왜?

한국의 제삿상에 치킨 놓아라, 햄버거 놓아라 하는 미국은 치안만이라도 우리가 맡겠다는 한국의 요청을 무시하고 밤 9시부터 통금령을 실시했다. 미성년이 통금령을 어겼을 경우에는 10만 원, 성인은 100만 원의 벌금을 문다.

"젠장, 지네가 뭔데 이래라 저래라야?"

걸어가면서도 유성이의 강한 반미적인 성향의 어투는 끝을 맺지 않았다. 주변에는, 슬슬 발에 속도를 붙여 달리는 사람들이 하나 둘씩 늘어만 갔다.

"잘 가!"

집이 제일 가까워 힘든 기색이 전무했던 기태가 제일 먼저 작별 인사를 했다. 고아원에서 나온 기태는 친척집에서 얹혀 살고 있었다. 기태 다음엔 유성이었다. 부모님이 나와서 기다리고 계시자 반가운 듯 인사 한 마디 없이 휭 달려가 버렸다.

"나라도 그랬을 거야."

별로 아쉬운 기색이 없는 민준이가 말했다. 어쩜 유성이 때문에 울해 있었던 나를 위한 위로의 말이었을지도 모르지.

여덟 시 이십 분, 나와 민준이 사이엔 일절 침묵이었다. 말할 힘을 아껴 빨리 가자는 건지, 할 말이 없거나 혹은 어색해서 그냥 걷는 것인지는 모르지만. 민준이는 몰랐지만, 그가 없었다면 내가 지금쯤 이리 태평하게 걸을 수 있을지가 의문이었다. 집까지는 삼 십여 분을 걸어가야 하는 촉박한 거리였다.

"대현아."

민준이가 말했다.

"나 이제 갈게."

어쩔 줄 몰라 하던 내 옆에서 민준이가 말했다. 정신 차려보니 어느새 민준이네 집 앞이다. 그리고 민준이는 나에게 막 작별이나 하려던 참이었다.

"어? 어…… 잘 가."

이제 마지막까지 함께 걷던 민준이와도 헤어졌다. 그 사이에 이미 오 분이 흘러가 버려 여유롭게 걸을 형편이 아니었다. 횡단보도가 앞에 있었음에도 불구하고 헉헉거리며 도로를 넘는 나를 탓할 때가 아니란 것이다. 그런데 도로는 유난히 어두웠다. 자동차가 달려들어도 보이지 않을 만큼.

"여기만 건너면……."

하며 입가에 미소가 번졌다. 하지만 그것도 잠시, 웅 거리는 소리가 귓가에 스쳐 지나가며 머릿속엔 한 줄기 불길한 생각이 자리 잡기 시작했다.

"반대쪽이겠지."

그래 중얼거리며 나 스스로를 안심시키고 있을 때였다.

"부우우우웅!"

나의 눈앞에 펼쳐진 두 개의 빛과 귀를 찢는 듯한 굉음!

"콰—앙!"

온몸에 고통이 전해질 때, 내 몸이 떠오르는 것을 느꼈다. 그 짧은 시간 동안 본능적으로 죽음을 느끼게 되었고 하늘을 수놓는 핏방울과 함께 난 바닥에 나뒹굴었다. 몸이 튕겨질 때 느끼지 못했던 미칠 듯한 고통과 서서히 다가오는 공포가 날 사로잡기 시작했다.

"쿵."

고통에 미칠 것 같으면서도 문이 여닫는 소리가 연이었다. 뚜벅거리는 군화 소리도 이어졌다.

"What is that(무슨 일이야)? 미국 놈, 미국 놈……."

"I know ...%#&#$@#%……."

'지네들…… 지네들끼리…… 쑥덕인다. 하아…… 버티기가 어렵다…… 피가…… 피가 흘러…… 목소리가. 목소리가 안 나와…….'

간신히 힘내어 보지만 목소리는 온데간데 없고 콜록이는 기침과 붉은 핏덩어리였다. 내가 살아 있다는 것을 알자 미군들은 흠칫 놀라며 다시 쑥덕이기 시작했다. 아무리, 아무리 나쁜 놈들이라지만 최소한 병원에는 데려가 주겠지? 그럴 거야. 그렇겠지.

"쿵."

그들이 차에 올라탔다. 뭘 꺼내나 했던 내 작은 바람을 안고서. 그리고 내 귓가에 들리는 소리.

"go, go, go."

다급함이 진하게 묻어 나오는 말소리와 차 소리. 그들은 가버렸다.

넓은 도로는 어둡고 적막하기만 했다. 마지막까지 희망을 버리지 않던 내가 죽어가는 소리만 가득했다. 점점, 졸립고. 어둡다.

'더…… 살고 싶은데…… 죽기 싫은데…….'

"툭."

더 이상의 신음 소리는 없었다.

다음날, 이름 있는 주한미군 직속 신문사인 'The Americans'의 26면.

어젯밤 대전~신탄진 간 고속국도를 넘으려던 중학생이 술에 취한 채 운전을 하던 한국인의 차에 치여 숨졌다. 경찰은 주변에서 사건 해결에 도움이 될 별다른 증거를 찾지 못하고 있어 사인(死因)을 '자살'로 잠정 결론짓고 있다. 중학생의 소속 학교장은 현재 이 일에 대해서 일체 언급을 하지 않고 있으며 학우들은 "절대로 자살할 리가 없다."며 경찰의 이 부당한 사건 종결에 항의하고 있다.